# MAIDIR LE

# DO LITIR ...

*In ómós do Shéamas Daltún*
*a scríobh an chéad leagan den leabhrán seo*
*sa bhliain 1970*

# MAIDIR LE DO LITIR ...

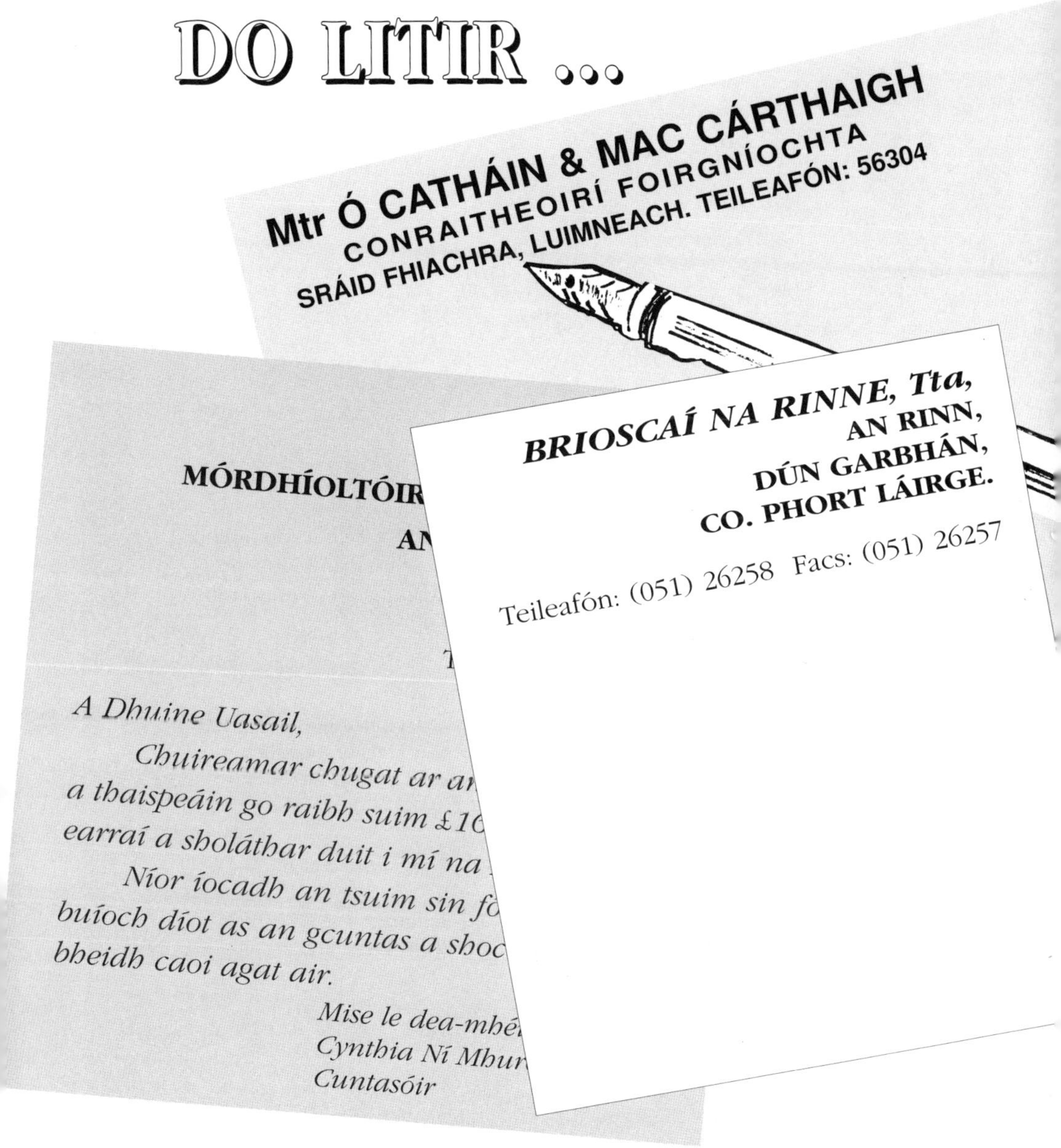



AN GÚM
Baile Átha Cliath

An dara heagrán 1998

ISBN 1-85791-111-3



Léaráidí: Paybo

Clúdach: *Cailín ag Léamh Litreach taobh le Fuinneog Oscailte,* Jan Vermeer (Le caoinchead Gemäldegalerie Alte Meister, Staatliche Kunstsammlungen, Dresden)

Arna chlóchur ag Printset and Design Ltd.
Arna chlóbhualadh in Éirinn ag Criterion Press Teo.

Le ceannach ó Oifig Dhíolta Foilseachán Rialtais,
Sráid Theach Laighean, Baile Átha Cliath 2, nó ó
dhíoltóirí leabhar.
Nó tríd an bpost ó:
Rannóg na bhFoilseachán, Oifig an tSoláthair,
4-5 Bóthar Fhearchair, Baile Átha Cliath 2.

An Gúm, 44 Sráid Uí Chonaill Uacht., Baile Átha Cliath 1.

# CLÁR

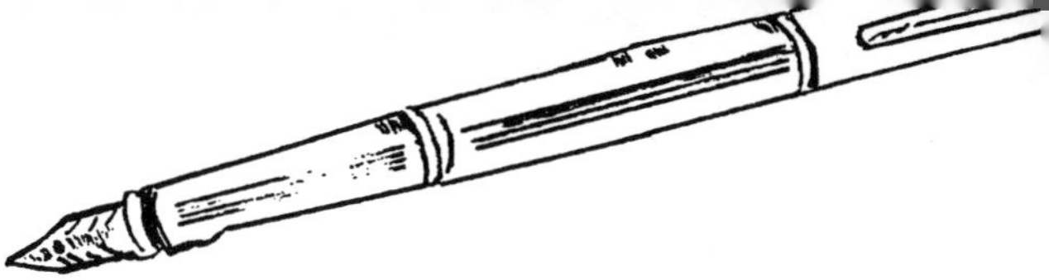

# Réamhrá

Nuair a bhíonn teachtaireacht phearsanta do dhuine a bhfuil gaol nó muintearas againn leis á cur i scríbhinn againn, ní bhíonn a bhac orainn, de ghnáth, a bhfuil le hinsint againn dó a chur síos ar ár rogha cuma. Bíonn a fhios againn cad é an méid eolais atá aige cheana féin ar na cúrsaí lena mbaineann an teachtaireacht. Is eol dúinn gur leor dó an nod nó an leathfhocal i gcásanna áirithe. Is féidir linn talamh slán a dhéanamh de nach mórán is miste leis cad é an cruth atá ar an scríbhinn féin ná cad é an t-eagar atá ar na ráitis inti. Ach an teachtaireacht a bhainfeadh le cúrsaí tábhachtacha, níor mhaith an chiall dúinn é a cheapadh go mbeadh duine sásta léi mura mbeadh a brí soiléir dó.

Nuair nach mbíonn aithne chomh maith sin ag duine

ar an té a bhfuil sé ag scríobh chuige, ní mór dó a theachtaireacht a léiriú go lánchruinn agus í a chur san fhoirm is cuí di. Ina ghnóthaí pearsanta, is i bhfoirm litreach is gnáiche a bheadh teachtaireacht le cur i scríbhinn ag duine. Corruair ba ghá dó, b'fhéidir, cuireadh foirmiúil, nó freagra ar a leithéid, a dhéanamh amach, nó fógra éigin eile de ghné fhoirmiúil a chumadh.

I ngnóthaí oifige tá sé fóinteach scríbhinní a mbeadh feidhm ar leith leo a chur i bhfoirm ar leith. Déantar sin le ciorcláin, meamraim, meabhráin, agus miontuairiscí, agus le scríbhinní de chineálacha eile a bhíonn in úsáid ag gnólachtaí, ag oifigí seirbhíse poiblí, ag cumainn agus ag comhlachtaí eile, mar shampla, ríomhphost agus an t-idirlíon.

Daoine a dtiteann sé de chúram orthu ina ndualgais oifigiúla, nó a mbeadh fonn orthu ina ngnóthaí pearsanta,

litir a mbaineann a bheag nó a mhór den fhoirmiúlacht léi, nó scríbhinn d'aon chineál dá luaitear thuas, a chur i nGaeilge, is minic nach léir dóibh conas is ceart cur chuige. Is iomaí deacracht, idir mhór agus mhion, a bhíonn ann dóibh. D'oirfeadh sé do dhaoine den sórt sin, agus do dhaoine eile freisin, treoir a bheith ar fáil acu do na gnásanna is inleanta i gcúrsaí áirithe (e.g. ábhar na scríbhinne a leagan amach, an seoladh ar an scríbhinn, beannú agus ceiliúradh don seolaí), chomh maith le heolas a chuideodh leo a dteachtaireacht a insint go cruinn comair.

Tá iarracht déanta sa leabhrán seo ar chuid de na deacrachtaí sin a réiteach dóibh, agus ar chabhair a thabhairt chun úsáid na Gaeilge a fhairsingiú sa chomhfhreagras a bhaineann le gnóthaí riaracháin agus tráchtála, agus sa chomhfhreagras foirmiúil, idir phoiblí agus phríobháideach. Féachadh le téarmaí gramadaí a sheachaint ach níorbh fhéidir dul uathu ar fad.

# Litreacha

## Leagan Amach

Ní mór é a bheith le haithint gan stró ar litir cad as ar tháinig sí, cathain a scríobhadh í, cé chuige ar seoladh í, cad air a ndéantar trácht inti, agus cé chuige a mbeadh freagra le cur. Uime sin is é an gnás é leagan amach mar a luaitear ina dhiaidh seo a chur ar litreacha gnó agus ar litreacha oifigiúla.

### Ceannteideal

Bíonn ainm agus seoladh gnólachta, tuairisc ar a ghnó mura léir sin óna theideal, agus a uimhir theileafóin, uimhir facs agus seoladh ríomhphoist clóite ar bharr a pháipéir litreach. Is minic ceannteideal maisiúil ar an bpáipéar ag gnólachtaí móra agus mórán eolais bhreise ann, mar áis dá gcustaiméirí agus mar phoiblíocht dóibh féin. Nithe mar iad seo a leanas is ea a thugtar mar eolas breise – seoladh brainsí den ghnólacht, ainmneacha na stiúrthóirí, lógó, sainainmneacha a dtáirgí. Ba chóir uimhir chláraithe an ghnólachta agus an uimhir CBL (Cáin Bhreisluacha) a bheith ar an litir chomh maith.

Bíonn teideal na Roinne nó na hoifige clóite ar a cuid páipéir litreach, gan a bheith ag gabháil leis de ghnáth ach seoladh na Roinne nó na hoifige agus an uimhir theileafóin agus facs.

Is iondúil go mbíonn ar dhuine a sheoladh príobháideach a scríobh é féin, agus is cóir dó deimhin a dhéanamh de go dtabharfaidh sé an seoladh poist go hiomlán agus go cruinn ionas nach baol go rachaidh freagra ar a litir amú nó go mbainfidh moill lena sheachadadh.

Seo roinnt ceannteideal samplach do ghnólachtaí:

***BRIOSCAÍ NA RINNE, Tta,***
**AN RINN,**
**DÚN GARBHÁN,**
**CO. PHORT LÁIRGE.**
Teileafón: (051) 26258 Facs: (051) 26257

**MAC FIRBHISIGH AGUS A CHUID, Tta,**
**CIÓDÓIRÍ**
**2-4 SRÁID AN DUALTAIGH**
**SLIGEACH**
Fón: (071) 62609
Facs: (071) 62339

**Ó MEARÁIN AGUS A CHLANN MHAC, Tta,**
**DÉANTÓIRÍ ROTHAR**
**AN CHÉ THEAS**
**DOIRE**
Teileafón: (080154) 67247/67245

**Mtr* Ó CATHÁIN & MAC CÁRTHAIGH**
**CONRAITHEOIRÍ FOIRGNÍOCHTA**
**SRÁID FHIACHRA**
**LUIMNEACH**
Teileafón: 56304

**CLANN† UÍ BHOLGUÍR, Tta,**
**MÓRDHÍOLTÓIRÍ EARRAÍ**
**GRÓSAERA**
**AN BÓTHAR LEATHAN**
**LOCH GARMAN**
Teileafón. (053) 96910

* *Muintir* (*Messrs* sa Bhéarla). Ní úsáidtear é seo ach amháin i dteideal comhpháirtíochta. D'fhéadfadh sé, áfach, nach mbeadh teideal na comhpháirtíochta ag freagairt d'ainm aon duine de na comhpháirtithe.

†(*Bolger*) *Bros* sa Bhéarla.

**Uimhir Thagartha**

Formhór na litreacha a chuirtear amach ó chomhlacht gnó nó ó oifig seirbhíse poiblí, bíonn uimhir thagartha orthu agus cuirtear in iúl gur ceart an uimhir sin a lua in aon fhreagra ar an litir. Uaireanta bíonn spás ar leith curtha in áirthe d'uimhir thagartha an fhreagróra, e.g.:

Ár dTagairt..........
Bhur dTagairt........

nó

Ár dTag.
Bhur dTag.

Mura mbíonn spás ar leith in áirithe di i mbarr an leathanaigh, cuirtear an uimhir thagartha ar aon líne leis an dáta.

**An Dáta**

Faoi bhun sheoladh an ghnólachta, nó na hoifige, cuirtear isteach dáta na litreach, mar seo: *2 Bealtaine 1999*. Ní maise ar an scríbhinn é *ú* a chur le huimhir an lae.

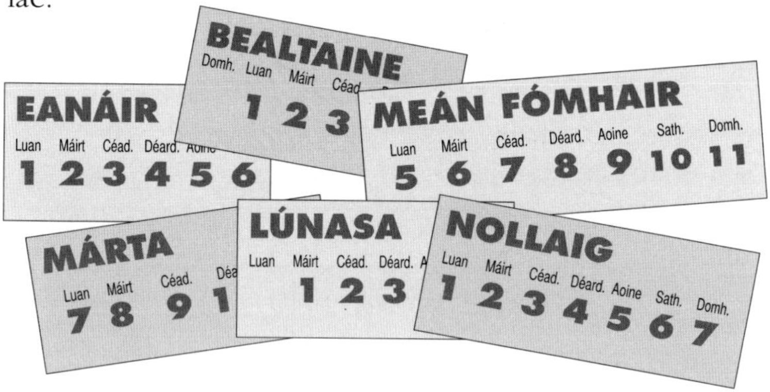


Ach in ionstraimí reachtúla etc., scríobhtar an dáta mar seo: *an 2ú lá seo de Bhealtaine, 1999*. Agus i scríbhinní dlí de chineálacha ar leith, ní mór an dáta ar fad a chur i bhfocail, e.g. *An Dóú Lá Déag d'Fheabhra i mBliain Ár*

*dTiarna Míle Naoi gCéad Nócha a Naoi.* Nuair a luaitear an lá den tseachtain, chomh maith leis an dáta, úsáidtear *Dé Luain, Dé Máirt,* etc., e.g. *Dé Céadaoin, 31 Nollaig, 1999, an lá is déanaí chun iarratais a ghlacadh.*

Tá *Dé* báite san fhocal *Déardaoin,* agus uime sin ní chuirtear *Dé* roimhe, e.g. *inniu an Déardaoin, tháinig sé Déardaoin seo caite.*

Scríobhtar ainm na míosa amach go hiomlán – *Eanáir, Feabhra, Márta, Aibreán, Bealtaine, Meitheamh, Iúil, Lúnasa, Meán Fómhair, Deireadh Fómhair, Samhain, Nollaig.*

Is fearr ainm na míosa a lua i gcónaí i ngach scríbhinn agus gan "an mhí seo", "an mhí seo caite/chugainn" a chur síos, ar eagla mearbhall a theacht astu.

## Ainm agus Seoladh an tSeolaí

Is gnách ainm agus seoladh an tseolaí a chur ar an litir féin, chomh maith lena bheith ar an gclúdach, más litir ghnó nó litir oifigiúil í. Le hais chiumhais chlé an pháipéir, cúpla líne faoi bhun líne na huimhreach tagartha agus an dáta, a chuirtear é go hiondúil. I litreacha oifigiúla cuirtear ag bun an chéad leathanaigh é uaireanta, nó thiar i ndeireadh na litreach, faoi bhun shíniú an scríbhneora, ar an taobh clé den leathanach.

Is mar seo a scríobhtar ainm duine phríobháidigh:

(Fear):

> An tUasal (nó An tUas.)
> Seán Ó Murchú

nó, mura bhfuil ar eolas ach túslitir a ainm baiste,

> An tUasal (nó An tUas.) S. Ó Murchú,

nó, nuair nach bhfuil ar eolas ach an sloinne amháin,

> An tUasal Ó Murchú

(Bean Phósta): Bean Sheáin Uí Mhurchú

nó

Máire Bean Uí Mhurchú

nó

Bean Uí Mhurchú

nó

Máire Uí Mhurchú

(Bean Shingil) Eibhlín Ní Mhurchú

nó

Iníon Uí Mhurchú

An litir a scríobhtar chuig comhlacht gnó, is leor ainm agus seoladh an chomhlachta a chur uirthi, mura bhfuil cúis ar leith lena seoladh go dtí oifigeach iomchuí den chomhlacht, e.g. *an Rúnaí, an Príomh-Bhainisteoir, an Cuntasóir, an Bainisteoir Díolachán.*

Seoltar litreacha do Ranna Rialtais go dtí an Rúnaí, nó go dtí oifigeach ceannais na rannóige nó na hoifige lena mbaineann ábhar na litreach. I gcás údaráis áitiúil, e.g. *Bardas Cathrach, Bord Cúnaimh Phoiblí, Coimisinéirí Baile, Comhairle Ceantair Uirbigh, Comhairle Contae, Údarás Sláinte,* ba chóir litreacha a chur go dtí an t-oifigeach cuí, e.g. *an Bainisteoir Contae/Cathrach, an Rúnaí, Cléireach an Bhaile.*

Ní miste treoracha mar iad seo a chur ar líne os cionn an tseolaidh ar an litir féin, chomh maith lena gcur ar an gclúdach: *Dó Féin/Di Féin (nó Pearsanta), Faoi Rún (nó Príobháideach agus Faoi Rún), Práinneach (nó Faoi Dheabhadh, etc.)*

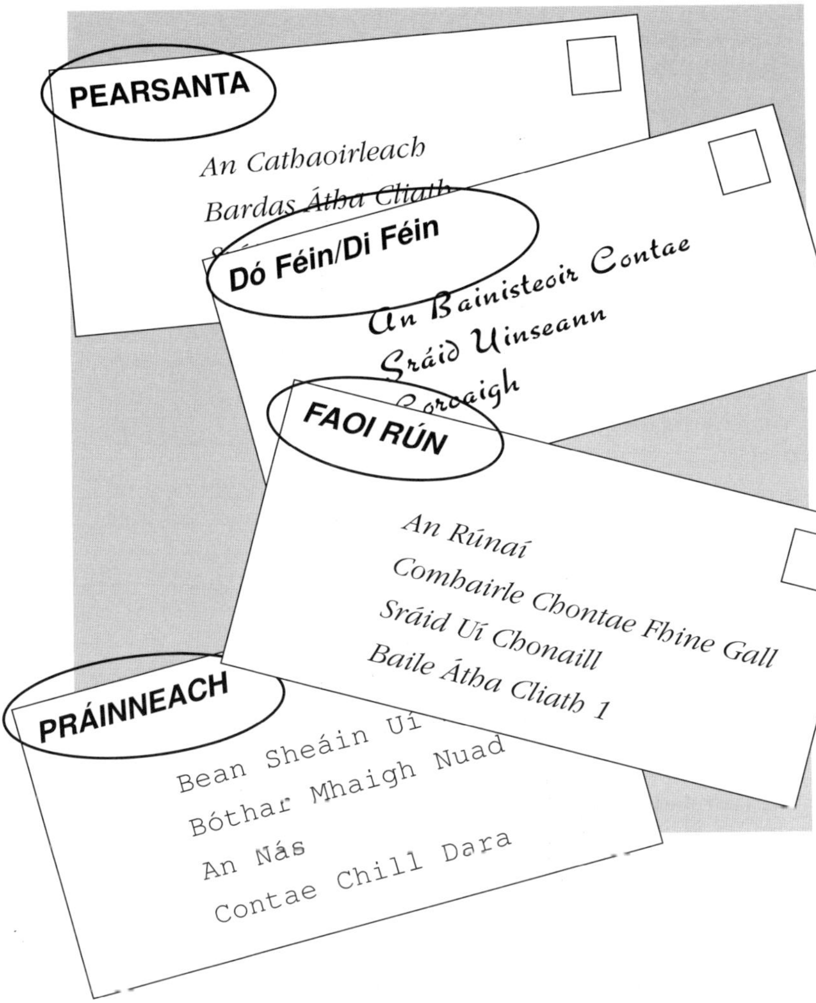


**Beannú don Seolaí**

Braitheann beannú an scríbhneora don té a bhfuil sé ag scríobh chuige ar an aithne atá acu ar a chéile. Oireann *A Chara*, de ghnáth do litreacha neamhoifigiúla, cibé acu fear nó bean an seolaí, agus do litreacha oifigiúla sa chás a bhfuil an sloinne á lua freisin, mar seo

A Mhic Uí Mhurchú, a chara,

A Bhean Uí Mhurchú, a chara,

A Iníon Uí Mhurchú, a chara.

I litreacha oifigiúla eile, úsáidtear *A Dhuine Uasail* nó *A Bhean Uasal.*

Léirítear ar leathanaigh níos faide anonn conas is ceart beannú do dhaoine ar leith.

**Aire:** Ní théann athrú sa tuiseal gairmeach ar fhoirm aon ainmfhocail bhaininscnigh ná ar an aidiacht a ghabhann leis, ná ar ainm mná – *bean uasal, A Bhean Uasal; Siúr, A Shiúr; Siobhán, A Shiobhán; A Mháire Mhór.*

## Corp na Litreach

Is minic a chuirtear i bhfios ar líne os cionn chorp na litreach cad leis a mbaineann an litir.

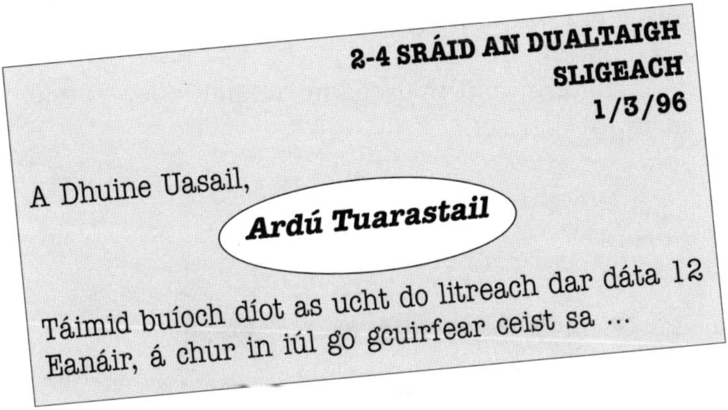
2-4 SRÁID AN DUALTAIGH
SLIGEACH
1/3/96

A Dhuine Uasail,

**Ardú Tuarastail**

Táimid buíoch díot as ucht do litreach dar dáta 12 Eanáir, á chur in iúl go gcuirfear ceist sa ...

Ní gá sin mura bhfuil thar mhír ghairid nó dhó inti, ach is fearr é a dhéanamh má bhíonn breis is leathanach amháin fúithi.

Tá cúrsaí eile a bhaineann le corp na litreach faoi thrácht ar leathanaigh 46-57.

## Críoch na Litreach

Féadtar go hiondúil litreacha gnó agus litreacha oifigiúla a chríochnú le *Mise le dúthracht duit,* nó *Mise le meas (ort).* D'fhéadfaí freisin leas a bhaint as *Mise le dea-mhéin duit, Mise le (gach) dea-ghuí duit* nó as leagan eile a bheadh oiriúnach don ócáid e.g. *Go soirbhí Dia duit,* nuair a bheadh cúis ag an scríbhneoir le bheith buíoch den té a raibh sé ag scríobh chuige.

Seo roinnt samplaí eile:

*Mo bheannacht chugat, a... ; Beannacht ó... ; Bail agus beannacht ó... ; Beir bua agus beannacht; Rath Dé ort; Go rathaí Dia thú*; agus, i litreacha ó dhaoine den chléir, *Do bhráthair (shiúr) ionúin i gCríost.*

I dtús scríbhinní oifigiúla úsáidtear *Beatha agus Sláinte* mar a d'úsáidfí *Greetings* sa Bhéarla.

Ós mór an crá é, agus nach rud annamh é, ainm an té a shínigh litir a bheith doiléir, nó doléite ar fad, is ceart an t-ainm a chlóscríobh i gcónaí faoi bhun, nó le hais, na líne ar ar síníodh an t-ainm.

An té a shíníonn litir thar ceann oifigigh eile, cuireann sé é sin in iúl mar seo:

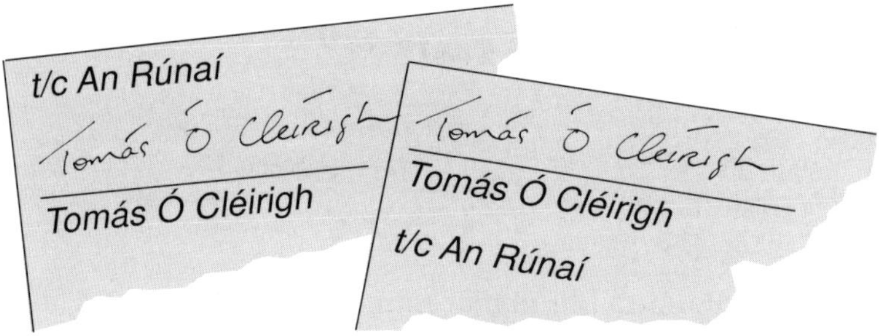


Sna táblaí ar leathanaigh 21-31 léirítear conas is ceart críoch a chur le litreacha chuig daoine ar leith.

A Shiobháááááááááán Ní Dhuibhir...

## Litreacha chuig daoine in oifig onóra agus chuig daoine i ngairmeacha áirithe

Úsáidtear leaganacha ar leith cúirtéise i litreacha, agus i scríbhinní eile, chuig daoine is díol urraime de bhua a n-oifige, agus tá feidhm le gnásanna ar leith i gcás daoine i ngairmeacha áirithe. Sna táblaí ina dhiaidh seo tugtar léiriú ar na leaganacha agus na gnásanna sin.

Sa cholún **An Beannú**, tugtar ar dtús an leagan fíorfhoirmiúil agus ina dhiaidh sin leagan leathfhoirmiúil, agus leagan neamhfhoirmiúil i mórán cásanna. Is é an dara leagan (an leagan leathfhoirmiúil) is gnách a úsáid i ngnóthaí na Státseirbhíse. Sna táblaí céanna tugtar athleagan dá réir do chríoch na litreach i gcásanna ar leith.

Nuair a chuirtear ainm nó sloinne ar lorg teidil is féidir é a fhágáil san ainmneach, is cuma cad is tuiseal don teideal, e.g:

*A Athair Peadar, a chara,*

*A Chanónaigh Ó Murchú, a chara,*

*Teach an Dochtúra Máirtín Ó Gruagáin.*

| Oifig nó Gairm | Seoladh na Litreach | An Beannú | Críoch na Litreach |
|---|---|---|---|
| An tUachtarán | A. S.,<br>Uachtarán na hÉireann | A Uachtaráin Oirirc,<br><br><br><br>A Uachtaráin Uasail,<br><br><br><br>A Uachtaráin, a chara | Mise, a Uachtaráin Oirirc,<br>Le dúthracht agus le hómós duit,<br><br>Mise, a Uachtaráin Uasail,<br>Le dúthracht agus le dea-mhéin duit,<br><br>Mise, a Uachtaráin, a chara,<br>Le hardmheas ort, |
| **COMHALTAÍ AN RIALTAIS, NA DÁLA AGUS AN tSEANAID** | | | |
| An Taoiseach | A. S., T.D.<br>Taoiseach | A Thaoisigh Uasail,<br>A Thaoisigh, a chara, | Mise le dúthracht duit, |
| An Tánaiste | A. S., T.D.<br>Tánaiste | A Thánaiste Uasail,<br>A Thánaiste, a chara, | Mise le dúthracht duit, |
| Aire/Aire Stáit | A. S., T.D.<br>Aire ...* | A Aire Uasail,<br>A Aire, a chara, | Mise le dúthracht duit, |
| An Ceann Comhairle | A. S., T.D.<br>Ceann Comhairle Dháil Éireann | A Cheann Comhairle Uasail,<br>A Cheann Comhairle, a chara, | Mise le dúthracht duit, |
| Cathaoirleach an tSeanaid | An Seanadóir A. S.,<br>Cathaoirleach Sheanad Éireann | A Chathaoirligh Uasail,<br>A Chathaoirligh, a chara, | Mise le dúthracht duit, |
| An Leas-Cheann Comhairle | A. S., T.D.<br>Leas-Cheann Comhairle Dháil Éireann | A Leas-Cheann Comhairle,<br>A Leas-Cheann Comhairle, a chara, | Mise le dúthracht duit, |
| Leas-Chathaoirleach an tSeanaid | An Seanadóir A. S.,<br>Leas-Chathaoirleach Sheanad Éireann | A Leas-Chathaoirligh,<br>A Leas-Chathaoirligh, a chara, | Mise le dúthracht duit, |
| Teachta Dála | A. S., T.D.** | A Theachta, a chara,<br>A Theachta S., a chara, | Mise le dúthracht duit, |

| Oifig nó Gairm | Seoladh na Litreach | An Beannú | Críoch na Litreach |
|---|---|---|---|
| Seanadóir | An Seanadóir A. S.** | A Sheanadóir, a chara<br>A Sheanadóir S., a chara, | Mise le dúthracht duit, |
| Teachta Pharlaimint na hEorpa | A. S., T.P.E.*** | A Theachta, a chara,<br>A Theachta S., a chara, | Mise le dúthracht duit, |

* (Aire) Airgeadais; Cosanta; Gnóthaí Eachtracha; Fiontar, Trádála agus Fostaíochta; na Mara agus Acmhainní Nádúrtha; Fiontar Poiblí: Talmhaíochta agus Bia: Sláinte agus Leanaí; Comhshaoil agus Rialtais Áitiúil; Gnóthaí Sóisialacha, Pobail agus Teaghlaigh; Ealaíon, Oidhreachta, Gaeltachta agus Oileán; Dlí agus Cirt, Comhionannais agus Athchóirithe Dlí; Turasóireachta, Spóirt agus Áineasa; Oideachais agus Eolaíochta.

** Is mar seo a bhíonn i gcás teideal gairmiúil a bheith aige: An tOllamh A. S., Seanadóir; An Dr A. S., T.D.

| An Chléir: an Eaglais Chaitliceach agus Eaglais na hÉireann | | | |
|---|---|---|---|
| Cairdinéal | A Mhórgacht an Cairdinéal A. S. (Ard-Easpag Ard Mhacha) (más cuí) | A Thiarna Cairdinéil,<br>A Chairdinéil, a chara,<br>A Chairdinéil S., a chara, | Mise le dúthracht agus le hurraim duit, |
| Ard-Easpag Ard Mhacha | A Ghrása an Dr Sár-Oirmhinneach A. S., Ard-Easpag Ard Mhacha agus Príomháidh na hÉireann Uile | A Thiarna Ardeaspaig,<br>A Ardeaspaig, a chara,<br>A Dhochtúir S., a chara, | Mise le dúthracht agus le hurraim duit, |
| Ard-Easpag Bhaile Átha Cliath | A Ghrása an Dr Sár-Oirmhinneach A. S., Ard-Easpag Bhaile Átha Cliath agus Príomháidh na hÉireann | A Thiarna Ardeaspaig,<br>A Ardeaspaig, a chara,<br>A Dhochtúir S., a chara, | Mise le dúthracht agus le hurraim duit, |
| Ard-Easpag Chaisil / Thuama | A Ghrása an Dr Sár-Oirmhinneach A. S., Ard-Easpag Chaisil / Thuama<br>A Ghrása Ard-Easpag Chaisil / Thuama | A Thiarna Ardeaspaig,<br>A Ardeaspaig, a chara,<br>A Dhochtúir S., a chara, | Mise le dúthracht agus le hurraim duit, |
| Easpag<br>An Eaglais Caitliceach (Easpag *nó* Easpag Cúnta *nó* Cóidiútar)<br>Eaglais na hÉireann | An Dr Sár-Oirmhinneach[1] A.S., Easpag ... *<br>An Dr Fíor-Oirmhinneach[2] A. S., Easpag ...** | A Thiarna Easpaig,<br>A Easpaig, a chara,<br>A Dhochtúir S., a chara, | Mise, le dúthracht agus le hurraim duit, |

| Oifig nó Gairm | Seoladh na Litreach | An Beannú | Críoch na Litreach |
|---|---|---|---|
| Tiarna Aba | An Fíor-Oirmhinneach A. S., Ab ... | A Thiarna Aba,<br><br>A Thiarna Aba, a chara, | Mise, le dúthracht agus le hurraim duit, |
| Moinsíneoir | An Moinsíneoir Fíor-Oirmhinneach (*nó* Ró-Oirmhinneach) A. S. | A Mhoinsíneoir Fhíor-Oirmhinnigh (*nó* Ró-Oirmhinnigh),<br>A Mhoinsíneoir, a chara,<br>A Mhoinsíneoir S., a chara, | Mise, le dúthracht agus le hurraim duit, |
| Déan<br><br>An Eaglais Chaitliceach<br><br><br><br>Eaglais na hÉireann | <br><br>An Déan Fíor-Oirmhinneach A. S.<br><br><br>An Déan Ró-Oirmhinneach A. S. | <br><br>A Dhéin Fhíor-Oirmhinnigh,<br>A Dhéin, a chara,<br>A Dhéin S., a chara.<br><br>A Dhéin Ró-Oirmhinnigh,<br>A Dhéin, a chara,<br>A Dhéin S., a chara, | <br><br>Mise, le dúthracht dhílis duit, |
| Ard-Déagánach | An tArd-Déagánach Urramach A. S. | A Ard-Déagánaigh Urramaigh,<br>A Ard-Déagánaigh, a chara,<br>A Ard-Déagánaigh S., a chara, | Mise, le dúthracht dhílis duit, |

| Oifig nó Gairm | Seoladh na Litreach | An Beannú | Críoch na Litreach |
|---|---|---|---|
| Canónach | | | |
| An Eaglais Caitliceach | An Canónach Ró-Oirmhinneach A. S. | A Chanónaigh Ró-Oirmhinnigh,<br>A Chanónaigh, a chara,<br>A Chanónaigh S., a chara, | Mise le dúthracht dhílis duit, |
| Eaglais na hÉireann | An Canónach Oirmhinneach A. S. | A Chanónaigh Oirmhinnigh,<br>A Chanónaigh, a chara,<br>A Chanónaigh S., a chara, | |
| Sagart Paróiste | An tAthair Ró-Oirmhinneach A. S., S.P.*** | A Athair Ró-Oirmhinnigh,<br>A Athair, a chara,<br>A Athair S., a chara, | Mise le dúthracht dhílis duit, |
| Proibhinseal (Gairdian, Prióir, etc.) | An tAthair Ró-Oirmhinneach A. S., Proibhinseal (Gairdian, Prióir, etc.) | A Athair Ró-Oirmhinnigh,<br>A Athair, a chara,<br>A Athair S., a chara, | Mise le dúthracht dhílis duit, |
| Sagart Cúnta | An tAthair A. S., S. C. | A Athair, a chara,<br>A Athair S., a chara,<br>A Athair A., a chara, | Mise le dúthracht dhílis duit, |
| Ministir | An tOirmhinneach A. S. | A Oirmhinnigh,<br>A Oirmhinnigh S., a chara, | Mise le dúthracht dhílis duit, |

[1] 'Fíor-Oirmhinneach' i gcás easpag lasmuigh d'Éirinn.

[2] 'Sár-Oirmhinneach' i gcás Easpag na Mí.

* *An Eaglais Chaitliceach Rómhánach*: (Deoise) Achadh Conaire/ Ail Finn/ Ardach agus Chluain Mhic Nóis/ Ard Mhacha/ Bhaile Átha Cliath/ Chaisil agus Imligh/ Chiarraí/ Chill Ala/ Chill Dalua/ Chill Dara agus Leithghlinne/ Chill Mhór/ Chlochair/Chluain Fearta/ Chorcaí agus Rois/ Chluana/ Dhoire/ Dhroim Mór/ an Dúin agus Choinnire/ Fhearna/ na Gaillimhe agus Chill Mhic Dhuach/ Luimnigh/ na Mí/ Osraí/ Phort Láirge agus Lios Mór/ Ráth Bhoth/ Thuama.

** *Eaglais na hÉireann*: (Deoise) Ard Mhacha/ (Deoisí Aontaithe) Bhaile Átha Cliath agus Ghleann dá Loch agus Chill Dara/ Chaisil, Imligh, Phort Láirge agus Lios Mór/ Chill Dalua, Chill Fhionnúrach, Chluain Fearta agus Chill Mhic Dhuach/ Chill Mhór, Ail Finn agus Ardach; (Deoise) Chlochair/ Choinnire; (Deoisí Aontaithe) Chorcaí, Chluana agus Rois/ Dhoire agus Ráth Bhoth/ an Dúin agus Dhroim Mór/ Luimnigh, Ard Fhearta agus Achadh Deo; (Deoise) na Mí; (Deoisí Aontaithe) Thuama, Chill Ala agus Achadh Conaire.

*** Cuirtear V.G. nó V.F. le hainm sagairt, nuair is cuí sin. I gcás daoine in ord rialta, is cóir an t-ainm a scríobh de réir ghnás an oird. Cloítear leis na túslitreacha atá in úsáid ag an ord féin do theideal an oird, e.g. C.SS.R., O.F.M., O.P., S.J., C.Í.

'Oirmh.' an giorrú ar *Oirmhinneach*.

| Oifig nó Gairm | Seoladh na Litreach | An Beannú | Críoch na Litreach |
|---|---|---|---|
| Proibhinseal (Bráthair Ceannais, Uachtarán Scoile, etc.) | An Bráthair Oirmhinneach A. S. (Proibhinseal, Uachtarán, etc.) | A Bhráthair Oirmhinnigh, A Bhráthair A., a chara, | Mise le dúthracht dhílis duit, |
| Bráthair Eile | An Bráthair A. S. | A Bhráthair, a chara, A Bhráthair A., a chara, | Mise le dúthracht dhílis duit, |
| Abmháthair | An Abmháthair Oirmhinneach A. S. Clochar ... | A Abmháthair Oirmhinneach, A Mháthair A., a chara, | Mise le dúthracht dhílis duit, |
| Ardmháthair Oird | An Ardmháthair Oirmhinneach A. S. | A Ardmháthair Oirmhinneach, A Mháthair A., a chara | Mise le dúthracht dhílis duit, |
| Máthair Cheannais eile | An Mháthair Oirmhinneach A. S., Uachtarán (Prióir, etc.), Clochar ... | A Mháthair Oirmhinneach, a chara, A Mháthair A., a chara, | Mise le dúthracht dhílis duit, |
| Bean Rialta eile | An Mháthair A. S. *nó* An tSiúr A. S. | A Mháthair A., a chara, *nó* A Shiúr A., a chara, | Mise le dúthracht dhílis duit, |

| Oifig nó Gairm | Seoladh na Litreach | An Beannú | Críoch na Litreach |
|---|---|---|---|
| | **Eaglaisigh Phrotastúnacha Eile** | | |
| Modhnóir na hEaglaise Preispitéirí in Éirinn | An Fíor-Oirmhinneach A. S., Modhnóir Thionól Ginearálta na hEaglaise Preispitéirí in Éirinn | A Mhodhnóir Fhíor-Oirmhinnigh,<br><br>A Mhodhnóir, a chara,<br>A Dhochtúir S., a chara, | Mise, le dúthracht agus le hurraim duit, |
| Uachtarán na hÉaglaise Meitidistí in Éirinn | An tOirmhinneach A. S., Uachtarán na hEaglaise Meitidistí in Éirinn | A Uachtaráin Oirmhinnigh,<br>A Uachtaráin Oirmhinnigh, a chara, | Mise, le dúthracht agus le hurraim duit, |
| | **An Chléir Ghiúdach** | | |
| An Príomh-Raibí | An Dr Ró-Oirmhinneach A.S., Príomh-Raibí na hÉireann | A Phríomh-Raibí Ró-Oirmhinnigh,<br>A Phríomh-Raibí, a chara,<br>A Phríomh-Raibí S., a chara, | Mise, le dúthracht agus le hómós duit, |
| Raibí (Dochtúir) | An Dr Oirmhinneach A.S., Raibí | A Raibí Oirmhinnigh,<br>A Dhochtúir, a chara,<br>A Dhochtúir S., a chara, | Mise le dúthracht duit, |
| Raibí | An Raibí Oirmhinneach A.S. | A Raibí Oirmhinnigh,<br>A Raibí, a chara,<br>A Raibí S., a chara, | Mise le dúthracht duit, |
| | **Na Breithiúna** | | |
| An Príomh-Bhreitheamh | An tOnórach A. S., Príomh-Bhreitheamh na hÉireann | A Príomh-Bhreithimh Onóraigh,<br>A Phríomh-Bhreithimh, a chara,<br>A Phríomh-Bhreithimh S., a chara, | Mise le dúthracht duit, |
| Uachtarán na hArd-Chúirte | An tOnórach A. S., Uachtarán na hArd-Chúirte | A Uachtaráin Onóraigh,<br>A Uachtaráin, a chara,<br>A Uachtaráin S., a chara, | Mise le dúthracht duit, |
| Breitheamh den Chúirt Uachtarach / den Ard-Chúirt | An tOnórach A. S., Breitheamh den Chúirt Uachtarach / den Ard-Chúirt | A Bhreithimh Onóraigh,<br>A Bhreithimh, a chara,<br>A Bhreithimh S., a chara, | Mise le dúthracht duit, |

| Oifig nó Gairm | Seoladh na Litreach | An Beannú | Críoch na Litreach |
|---|---|---|---|
| Uachtarán na Cúirte Cuarda | An tOnórach A. S.,<br>Uachtarán na Cúirte Cuarda | A Bhreithimh Onóraigh,<br>A Bhreithimh, a chara,<br>A Bhreithimh S., a chara, | Mise le dúthracht duit, |
| Breitheamh den Chúirt Chuarda | An Breitheamh A. S.,<br>An Chúirt Chuarda | A Bhreithimh,<br>A Bhreithimh S., a chara, | Mise le dúthracht duit, |
| Uachtarán na Cúirte Dúiche | An tUasal A. S.,<br>Uachtarán na Cúirte Dúiche | A Dhuine uasail,<br>A Uasail S., a chara, | Mise le dúthracht duit, |
| Breitheamh den Chúirt Dúiche | An tUasal A. S.,<br>Breitheamh den Chúirt Dúiche | A Dhuine Uasail,<br>A Uasail S., a chara, | Mise le dúthracht duit, |

| Oifig nó Gairm | Seoladh na Litreach | An Beannú | Críoch na Litreach |
|---|---|---|---|
| | | **TAIDHLEOIRÍ** | |
| Ambasadóir | A Oirirceas A. S.,<br>Ambasadoir Urghnách agus Aire Lánchumhachtach ... | A Oirircis,<br>A Dhuine Uasail,<br><br>A Ambasadóir, a chara, | Glac uaim, a Oiricis, deimhne mo mhodha fhíormhóir duit,<br><br>Mise, a Ambasadóir, a chara,<br>Le dúthracht duit, |
| Chargé d'Affaires | An tUasal A. S.,<br>Chargé d'Affaires<br>Ambasáid ... | A Dhuine Uasail,<br><br>A Uasail S., a chara, | Glac uaim, a Dhuine Uasail, deimhne mo mhodha fhíormhóir duit,<br><br>Mise le dúthracht duit, |
| Ardchonsal | An tUasal A. S.,<br>Ard-Chonsal ... | A Dhuine Uasail,<br><br>A Uasail S., a chara, | Mise, a Dhuine Uasail, le dúthracht duit,<br><br>Mise le dúthracht duit, |
| Consal | An tUasal A. S.,<br>Consal ... | A Dhuine Uasail,<br><br>A Uasail S., a chara, | Mise, a Dhuine Uasail, le dúthracht duit,<br><br>Mise le dúthracht duit, |
| | | **ÓGLAIGH NA hÉIREANN** | |
| Ginearál | An Ginearál A. S., | A Dhuine Uasail,<br>A Ghinearáil, a chara,<br>A Ghinearáil S., a chara, | Mise le dúthracht duit, |
| Leifteanant-Ghinearál | An Leifteanant-Ghinearál A.S., | A Dhuine Uasail,<br>A Ghinearáil, a chara,<br>A Ghinearáil S., a chara, | Mise le dúthracht duit, |
| Maor-Ghinearál<br><br>Ceannasóir<br>*(An tSeirbhís Chabhlaigh)* | An Maor-Ghinearál A. S.,<br><br>An Ceannasóir A. S., | A Dhuine Uasail,<br>A Ghinearáil, a chara,<br>A Ghinearáil S., a chara,<br><br>A Dhuine Uasail,<br>A Cheannasóir, a chara,<br>A Cheannasóir S., a chara, | Mise le dúthracht duit, |

| Oifig nó Gairm | Seoladh na Litreach | An Beannú | Críoch na Litreach |
|---|---|---|---|
| Cornal | An Cornal A. S., | A Dhuine Uasail,<br>A Chornail, a chara,<br>A Chornail S., a chara, | Mise le dúthracht duit, |
| Captaen<br>*(An tSeirbhís Chabhlaigh)* | An Captaen A. S., | A Dhuine Uasail,<br>A Chaptaein, a chara,<br>A Chaptaein S., a chara, | |
| Leifteanant-Chornal | An Leifteanant-Chornal A.S., | A Dhuine Uasail,<br>A Chornail, a chara,<br>A Chornail S., a chara, | Mise le dúthracht duit, |
| Ceannasaí<br>*(An tSeirbhís Chabhlaigh)* | An Ceannasaí A. S., | A Dhuine Uasail,<br>A Cheanasaí, a chara,<br>A Cheannasaí S., a chara | |
| Ceannfort | An Ceannfort A. S., | A Dhuine Uasail,<br>A Cheannfoirt, a chara,<br>A Cheannfoirt S., a chara, | Mise le dúthracht duit, |
| Leifteanant-Cheannasaí<br>*(An tSeirbhís Chabhlaigh)* | An Leifteanant-Cheannasaí A. S., | A Dhuine Uasail,<br>A Cheannasaí, a chara,<br>A Cheannasaí S., a chara, | |

| Oifig nó Gairm | Seoladh na Litreach | An Beannú | Críoch na Litreach |
| --- | --- | --- | --- |
| Captaen | An Captaen A. S., | A Dhuine Uasail,<br>A Chaptaein, a chara,<br>A Chaptaein S., a chara, | Mise le dúthracht duit, |
| Leifteanant<br>*(An tSeirbhís Chabhlaigh)* | An Leifteanant A. S., | A Dhuine Uasail,<br>A Leifteanaint, a chara,<br>A Leifteanaint S., a chara | |
| Leifteanant | An Leifteanant A. S., | A Leifteanaint, a chara,<br>A Leifteanaint S., a chara | Mise le dúthracht duit, |
| Fo-Leifteanant<br>*(An tSeirbhís Chabhlaigh)* | An Fo-Leiftenant A. S., | | |
| Dara-Leifteanant | An Dara-Leifteanant A. S., | A Leifteanaint S., a chara,<br>A Leifteanaint A. S., a chara, | Mise le dúthracht duit, |
| Meirgire<br>*(An tSeirbhís Chabhlaigh)* | An Meirgire A. S., | A Mheirgire S., a chara,<br>A Mheirgire A. S., a chara, | |

| **Oifig nó Gairm** | **Seoladh na Litreach** | **An Beannú** | **Críoch na Litreach** |
|---|---|---|---|
| | **DAOINE EILE** | | |
| Ardmhéara | An tUasal A. S.,<br>Ardmhéara Bhaile Átha Cliath / Chorcaí | A Ardmhéara Uasail,<br>A Ardmhéara, a chara, | Mise le dúthracht duit, |
| Méara | An tUasal A. S.,<br>Méara ... | A Mhéara Uasail,<br>A Mhéara, a chara, | Mise le dúthracht duit, |
| Ollamh Ollscoile | An tOllamh A. S.,<br>(maille leis na céimeanna atá curtha síos dó)<br><br>An tOllamh A. S.<br><br>An Dr A.S.,<br>Ollamh ... | A Ollaimh, a chara,<br><br><br><br>A Ollaimh S., a chara,<br><br>A Dhochtúir, a chara,<br>A Dhoctúir S., a chara, | Mise le dúthracht duit, |
| Coimisinéir an Gharda Síochána | An tUasal A. S.,<br>Coimisinéir an Gharda Síochána | A Dhuine Uasail,<br>A Choinisinéir, a chara,<br>A Choimisinéir S., a chara, | Mise le dúthracht duit, |
| Leas-Choimisinéir (nó Coimisinéir Cúnta) an Gharda Síochána | An tUasal A. S.,<br>Leas-Choimisinéir (nó Coimisinéir Cúnta) an Gharda Síochána | A Dhuine Uasail,<br>A Leas-Choimisinéir (nó A Choimisinéir Chúnta) a chara,<br>A Leas-Choimisinéir (nó A Chomhisinéir Chúnta) S., a chara, | Mise le dúthracht duit, |
| Ard-Cheannfort (nó Ceannfort) an Gharda Síochána | An tArd-Cheannfort (nó An Ceannfort) A. S.,<br>An Gharda Síochána | A Dhuine Uasail,<br>A Ard-Cheannfoirt (nó A Cheannfoirt), a chara,<br>A Ard-Cheannfoirt (nó A Cheannfoirt) S., a chara, | Mise le dúthracht duit, |

# Ainmneacha Baiste agus Sloinnte

Ós leis féin ainm agus sloinne duine, is de réir an leagain agus sa litriú a úsáideann sé féin is cóir iad a scríobh. Nuair nach féidir é sin a dheimhniú, d'fhéadfaí leas a bhaint as *An Sloinnteoir Gaeilge agus an tAinmneoir* le Muiris Ó Droighneáin (Coiscéim, 127 Bóthar na Trá, Baile Átha Cliath 4 na foilsitheoirí). Tá litriú rialta ar ainmneacha baiste agus sloinnte curtha ar fáil sa leabhrán sin, agus ina theannta sin tá rogha déanta ag an údar idir na leaganacha éagsúla a fhaightear ar mhórán sloinnte Béarla a ndearnadh gaelú nó athghaelú orthu, agus léirítear ann an córas idirnáisiúnta chun na sloinnte a chlárú go so-aimsithe.

**Ainmneacha Baiste Fear**

Tá siad go léir firinscneach. Na cinn a chríochnaíonn *ar chonsan leathan*, infhilltear iad de réir an chéad díochlaonadh, *e.g. Tomás, a Thomáis, Bean Thomáis.*

Baineann *Liam, Proinsias, Uileag* agus corrcheann eile leis an gceathrú díochlaonadh, e.g. *a Liam, Bean Liam.* Is leis an gceathrú díochlaonadh freisin a bhaineann na hainmneacha a chríochnaíonn *ar ghuta* (e.g. *Donncha, Ruairí)* agus ainmneacha a chríochnaíonn *ar chonsan caol* (e.g. *Caoimhín).*

Tá dornán sa tríú díochlaonadh, e.g. *Aonghas* (gin. *Aonghasa*), *Críostóir* (gin. *Críostóra*), *Diarmaid* (gin. *Diarmada*), *Gréagóir* (gin. *Gréagóra*), *Iarlaith* (gin. *Iarlatha*), *Mathúin* (gin. *Mathúna*).

**Ainmneacha Baiste Ban**

Tá siad go léir baininscneach, e.g. *Máire Bheag.* Baineann a bhformhór mór leis an gceathrú díochlaonadh, e.g. *a Shinéad, teach Shinéad, a Shiobhán, iníon Shiobhán, clann Cháit.*

Baineann roinnt bheag leis an dara díochlaonadh, *e.g. Bríd, fear Bhríde; Méabh, iníon Mhéibhe;* agus baineann corrcheann leis an tríú díochlaonadh, e.g. *Gormlaith, bás Ghormlatha; Orlaith, bainis Orlatha.*

Ní chuirtear ainm baiste mná i bhfoirm an ghinidigh nuair a bhíonn an sloinne ag gabháil leis, e.g. *bainis Bhríd Ní Cheallacháin.*

**Sloinnte**

Léiríonn na samplaí seo a leanas na slite ina n-úsáidtear sloinnte i litreacha gnó agus i litreacha oifigiúla:

*Ó-Shloinnte*

Seán Ó Briain; Bean (Sheáin) Uí Bhriain *nó* Máire (Bean) Uí Bhriain; Iníon Uí Bhriain *nó* Máire Ní Bhriain.

Séamas Ó hAnluain; Bean (Shéamais) Uí Anluain *nó* Máire (Bean) Uí Anluain; Iníon Uí Anluain *nó* Méabh Ní Anluain.

Diarmaid Ó Maoileoin; Bean (Dhiarmada) Uí Mhaoileoin *nó* Máire (Bean) Uí Mhaoileoin; Iníon Uí Mhaoileoin *nó* Caitlín Ní Mhaoileoin.

*Mac-Shloinnte agus Mag-Shloinnte*

Tomás Mac Cárthaigh; Bean (Thomáis) Mhic Cárthaigh *nó* Máire (Bean) Mhic Cárthaigh; Iníon Mhic Cárthaigh *nó* Siobhán Nic Cárthaigh.

Liam Mac an Bhaird; Bean (Liam) Mhic an Bhaird *nó* Máire (Bean) Mhic an Bhaird; Iníon Mhic an Bhaird *nó* Máire Nic an Bhaird.

Donncha Mac Giolla Bhríde; Bean (Dhonncha) Mhic Giolla Bhríde *nó* Máire (Bean) Mhic Giolla Bhríde;

Iníon Mhic Giolla Bhríde *nó* Gormlaith Nic Giolla Bhríde; Pádraig Mac Conmara; Bean (Phádraig) Mhic Conmara *nó* Máire (Bean) Mhic Conmara; Iníon Mhic Conmara *nó* Síle Nic Conmara.

Críostóir Mag Fhloinn; Bean (Chríostóra) Mhig Fhloinn *nó* Máire (Bean) Mhig Fhloinn; Iníon Mhig Fhloinn *nó* Eibhlín Nig Fhloinn.

(**Ní shéimhítear** C **ná** G **i ndiaidh** *Mhic, Mhig, Nic, Nig.*)

*de-Shloinnte*

Uileag de Búrca; Bean (Uileag) de Búrca *nó* Máire (Bean) de Búrca; Iníon de Búrca *nó* Úna de Búrca.

Breandán de Híde; Bean (Bhreandáin) de Híde *nó* Máire (Bean) de Híde; Iníon de Híde *nó* Úna de Híde.

Gearóid de Bhál; Bean (Ghearóid) de Bhál *nó* Máire (Bean) de Bhál; Iníon de Bhál *nó* Sorcha de Bhál.

(*Bh* ó *V* nó *W* iasachta i ndiaidh *de* i gcorrshloinne eile – de Bhaldraithe, de Bháltún, de Bhial, de Bheardún, de Bhulbh.)

*Sloinnte Aidiachtacha*

Colm Breatnach; Bean Choilm Bhreatnaigh *nó* (Máire) Bean an Bhreatnaigh; Iníon an Bhreatnaigh *nó* Niamh Bhreatnach.

(**Tabhair faoi deara freisin** – *A Choilm Bhreatnaigh* ach *A Niamh Bhreatnach, Teach Choilm Bhreatnaigh* ach *Teach Niamh Bhreatnach.*)

*Sloinnte Aonfhoclacha eile*

Piaras Condún; Bean Phiarais Condún *nó* (Máire) Bean Chondún; Iníon Chondún *nó* Bríd Condún.

Seán Mistéil; Bean Sheáin Mistéil *nó* (Máire) Bean Mhistéil; Iníon Mhistéil *nó* Eilís Mistéil.

(Tabhair faoi deara nach séimhítear sloinnte den aicme sin i ndiaidh ainm phearsanta; ach séimhítear iad i ndiaidh *Bean, Iníon* agus ainmfhocail eile nach ainmneacha pearsanta iad.)

*Sloinnte nach ndeachaigh gaelú orthu*
Tomás Page; Bean Thomáis Page *nó* Máire (Bean) Page; Iníon Page *nó* Cáit Page.

Alan Titley; Bean Alan Titley *nó* Máire (Bean) Titley, Iníon Titley *nó* Sorcha Titley.

I gcás fhormhór na sloinnte d'aicmí áirithe, úsáidtear leagan lena ngabhann an t-alt (*e.g. an Brianach, an Cárthach, an Breatnach, an Búrcach, an Mistéalach*) mar a úsáidtear sloinne lom sa Bhéarla, e.g. *scríbhinní an Phiarsaigh* (Pearse's writings); *An raibh an Búrcach anseo?* (Was Burke here?). Ach *Foclóir de Bhaldraithe.* Úsáidtear é uaireanta le *Mr* an Bhéarla a chur in iúl. Baintear an dá fheidhm sin freisin as *Mac (Uí)* i gcás sloinnte d'aicmí áirithe e.g. *Mac Uí Bhriain, a Mhic Uí Bhriain; Mac Cárthaigh, a Mhic Cárthaigh; Mac an Bhaird, a Mhic an Bhaird; Mac Giolla Bhríde, a Mhic Giolla Bhríde; Mac Conmara, a Mhic Conmara.*

I litreacha gnó agus i litreacha oifigiúla, áfach, is iondúil gur fearr a oireann *An tUasal/A Uasail,* óir is féidir sloinne ar bith a chur ar a lorg agus ní bhíonn an sloinne féin le hathrú i dtuiseal ar bith, *e.g. An tUasal Ó Briain (Mac Cárthaigh, etc.), A Uasail Ó Briain (Mac Cárthaigh, etc.) oifig an Uasail Ó Briain (Mac Cárthaigh, etc.).*

Ligtear *Uí* ar lár i ndiaidh *muintir,* e.g. *muintir Bhriain, muintir Mhurchú, muintir Shúilleabháin;* ach *muintir Mhic Cárthaigh (Mhic an Bhaird, Mhic Giolla Bhríde, Mhic Conmara, Mhig Floinn), muintir de Búrca (de Híde, de Bhál).* Ghabhadh *Clann* le *Mac- nó Maol-* sloinnte, ach úsáidtear *muintir* go coitianta anois le gach sloinne.

**Innéacsú Ainmneacha agus Sloinnte**

Tá na treoracha a thugtar anseo ag teacht leis an gcóras innéacsaithe a léiríodh in aiste a foilsíodh ar iris Chumann Leabharlannaithe na hÉireann i 1967 (Patrick J Quigg, 'The Entering and Systematic Arrangement of Irish names in Catalogues, Indexes and Directories', *An Leabharlann* Iml. 25, Uimh. 4). Tá glactha leis an gcóras céanna i mórán leabharlann.

De réir an chórais sin is iad seo na rialacha is inleanta:

**1**. Na sloinnte a chur síos ina bhfoirm fhirinscneach, agus nuair a ghabhann túsmhír (is é sin, *an, de, h, Mac, Mag, Ó*) leis an sloinne aitheantas a thabhairt di san ord aibítreach.

**2**. Sloinne ban a chur síos de réir riail 1, agus an fhoirm bhaininscneach a chur in iúl i ndiaidh an ainm baiste nuair nach ionann í agus an fhoirm fhirinscneach.

**3**. Eolas dá réir sin a thabhairt in áit oiriúnach, is é sin:

*Mhic, Nic,* féach faoi *Mac*
*Mhig, Nig,* féach faoi *Mag*
*Ní, Ua, Uí,* féach faoi *Ó* nó *Ó h-*

Léireoidh an liosta gairid seo an tslí ina gcuirfí na rialacha sin i bhfeidhm:

an Chnoic, Art
an Chnoic, Máire
an Chnoic, Máire Bn
Breatnach, Colm
Breatnach, Máire *Bhreatnach*
Breatnach, Máire Bn *an Bhreatnaigh*
Céitinn, Máire
Céitinn, Máire Bn *Chéitinn*
Céitinn, Seán
de Búrca, Liam
de Búrca, Máire

de Búrca, Máire Bn
Mac Craith, Brian
Mac Craith, Máire *Bn Mhic Craith*
Mac Craith, Máire *Nic Craith*
Mag Fhinn, Máire Bn *Mhig Fhinn*
Mag Fhinn, Máire *Nig Fhinn*
Mag Fhinn, Séamas
Ó hÓgáin, Máire Bn *Uí Ógáin*
Ó hÓgáin, Máire *Ní Ógáin*
Ó hÓgáin, Pádraig (Ua)
Ó Murchú, Eibhlín *Ní Mhurchú*
Ó Murchú, Labhrás
Ó Murchú, Máire *Uí Mhurchú*
Pedlow, Dónall
Pedlow, Máire
Pedlow, Máire Bn *Phedlow*

# Corp na Litreach

## Litir a fhreagairt

Is iomaí duine nach léir dó i gcónaí cad iad na cearta atá aige, nó na dualgais atá air, faoin dlí, agus a lorgódh eolas dá réir ar Roinn Rialtais. Formhór na litreacha a bheidh le scríobh agat chun daoine den ghnáthphobal, más státseirbhíseach thú, beidh tú ag tabhairt freagra iontu ar lucht eolais a lorg i dtaobh na gceart nó na ndualgas sin ina gcás áirithe féin. Ní nach ionadh, tiocfaidh litreacha chugat ó dhaoine ar dóigh leo go ndearnadh éagóir orthu, agus beidh corrdhuine acu míréasúnach, agus giorraisc, b'fhéidir, ina chuid ráiteas. Dlitear díotsa, áfach, tuiscint a bheith agat do gach saghas duine agus a bheith caoinbhéasach cúntach i do ghnóthaí oifigiúla leis.

Ar an gcéad rud, ní mór duit deimhin a dhéanamh de go bhfuil a fhios agat go cruinn cad atá ag teastáil ón scríbhneoir. B'fhéidir go mbeadh an litir curtha le chéile go místuama aige agus nár mhór duit í a léamh arís agus arís eile chun teacht ar a brí. B'fhéidir nár iarr sé an t-eolas go léir a bheidh de dhíth air. Ní ceart in aon chás den sórt sin brabach a bhaint as éagumas an scríbhneora ar a chúrsaí a léiriú go cruinn. Ba chóir duit iarracht a dhéanamh an t-eolas go léir a bheadh fóinteach dó a chur in iúl dó go soiléir i do fhreagra.

Cuirfidh an litir a tháinig chugat i bhfios duit cad é an cothrom oideachais atá ar an té a scríobh, agus tabharfaidh sí tuairim mhaith duit cad é an saghas duine é. Cuideoidh sin leat chun freagra a bheadh sothuigthe aige a chur chuige. Aithneoidh tú as mianach na Gaeilge inti cá mhéad is gá duit cloí le focail nó leaganacha dá chuid ar eagla nach mbeadh a malairt ar eolas aige. Tabhair do d'aire gurbh fhéidir nach dtaitneodh sé leis diúltú a bheith agat d'fhocail dá chuid féin. I gcás focal mar *bearach/bodóg/seafaid, gearrthán/gearrthóg, tionscadal/togra* nó *lái/rámhainn/spád,* mar shampla, ba cheart an ceann acu a bhí sa litir bhunaidh a choinneáil sa fhreagra.

Uaireanta ní gá duit a bheith chomh cúramach sin i dtaobh focal agus leaganacha, ach seachnaítear i gcoitinne

* an focal annamh
* an téarma neamhchoitianta
* an leagan cainte 'oifigiúil'

Úsáid na focail is fairsinge a bhfuil eolas orthu, mar shampla: **freastal** de rogha ar **tinreamh, cuntas** de rogha ar **taifead, na páipéir seo istigh** de rogha ar **na hiatáin**, **teach** de rogha ar **foirgneamh.**

Ní féidir an téarma nó an focal nach mbeadh eolas coitianta air a sheachaint i gcónaí, ach thiocfadh leat a chiall a léiriú as an gcomhthéacs nó trí mhíniú air a chur idir lúibíní ina dhiaidh.

Is minic freagra á thabhairt ar dhaoine agus na ráitis ann chomh hoifigiúil neamhphearsanta sin gur freagra fuar leo é. D'fhéadfá féith na dea-mhéine a bheith agat i do litir ach dul simplí comhráiteach a chur ar a bhfuil le rá agat. Go deimhin, is fusa go minic an dul pearsanta a ghabháil chugat sa Ghaeilge ná a mhalairt a dhéanamh.

Is fearr a éireoidh leat do litir a choimeád ar an rian sin má thagann tú in imeall do scéil i gceart. Leis an gcéad abairt d'fhéadfá snaidhm a chur ort féin nach dtiocfadh leat a scaoileadh go héasca. Ní maith an rud é, mar shampla, a bheith róthugtha do "Maidir le litir...uait", nó "Ag tagairt do litir an...uait", nó "Mar fhreagra ar litir an...uait". Chun críoch a chur leis an abairt a thosódh ar an gcuma sin, chaithfeá uaireanta bolgam cainte a bheith agat inti nach rachadh síos go réidh leis an léitheoir.

**Tús na Litreach**

De ghnáth cuirfidh tú tús ar do fhreagra le habairt ina ndéanfaidh tú tagairt don litir atá á freagairt agat. Beidh sé áiseach agat go minic cuspóir na litreach a lua chomh maith lena dáta. Más gá a cuspóir a lua agus nach féidir leat é a chur i mbeagán focal, is fearr abairt nua a dhéanamh de (e.g. *Dúirt tú sa litir sin..., D'iarr tú sa litir sin..., De réir na litreach sin..., Tuigtear dom as an litir sin...*).

Seo roinnt samplaí d'abairtí tosaigh a bheadh oiriúnach i bhfreagraí:

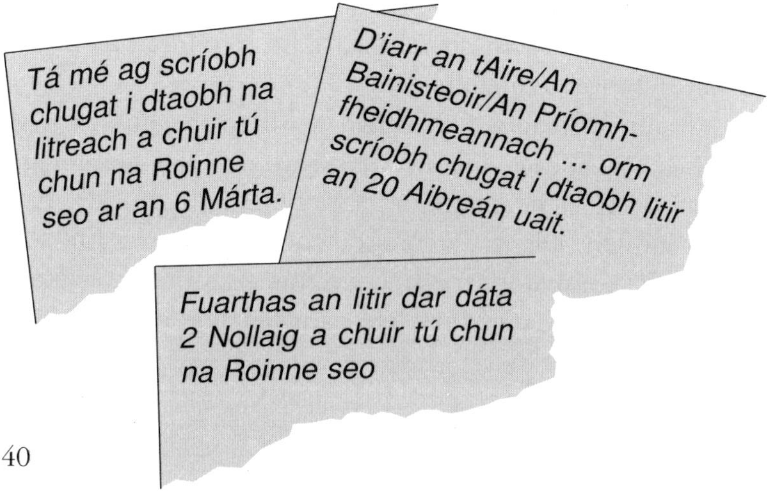

*Scríobh tú chun na Comhairle seo ar an 11 Deireadh Fómhair faoi…*

*D'iarr tú orainn i litir an 2 Bealtaine cóip a chur chugat de…*

*Ar an 30 Lúnasa scríobh tú chuig an gCoiste á iarraidh orainn eolas a thabhairt duit faoi…*

*Scríobh tú chun na Roinne seo ar an 3 Feabhra ag lorg eolais faoi…*

*Fuaireamar uait litir dar dáta 23 Meitheamh á fhiafraí an mbeifeá i dteideal … a fháil.*

*Chuir tú in iúl dúinn i litir an 11 Eanáir uait nach bhfuair tú fós…*

An freagra a bheadh á thabhairt agat ar Theachta Dála nó ar ionadaí poiblí eile faoi chás a ndearna sé cúram de thar ceann duine éigin, b'fhéidir tús a chur air mar seo:

*An chúis a chuir tú i láthair an Aire ar son …, tá an t-eolas seo a leanas agam duit [anois] ina thaobh:*

*Tá an tAire…tar éis an chúis a chuir tú ina láthair ar son … a bhreithniú go cúramach, agus d'iarr sé orm a rá leat gur mar seo atá an scéal.*

Más chun an duine a bhí i gceist a bheidh an litir á scríobh agat, d'fhéadfá tosú mar seo:

*Chuir an Teachta... cúis ar do shon i láthair na Roinne seo [an Aire...] i dtaobh (do phinsin seanaoise, an iarratais uait ar ..., an deontais atá á iarraidh agat, etc.).*

Nuair nach mbíonn breith ar litir a fhreagairt taobh istigh de chúpla lá, is gnách admháil mar seo a thabhairt uirthi:

*Fuarthas an litir dar dáta 10 Meitheamh a chuir tú chun na Roinne seo.*

*Tá cúram á dhéanamh den ghnó lenar bhain sí, agus cuirfear scéala chugat ina thaobh a luaithe is féidir.*

**Buíochas**

Ná bíodh leisce ort buíochas a ghabháil leis an duine a bhfuil tú ag scríobh chuige má bhíonn údar ar bith agat leis (cás a léiriú go cruinn, litir a fhreagairt gan mhoill, eolas breise a thabhairt, etc.)

*Tá mé buíoch díot as ucht litir an 14 Márta uait.*

*Fuair mé do fhreagra ar litir an 2 Bealtaine uaim agus tá mé buíoch díot dá bharr.*

*Tá mé buíoch díot as an eolas breise atá tugtha agat dúinn i litir an 22 Samhain uait faoi...*

**Corp an Scéil**

Nuair a bheidh tú á chur in iúl do dhuine gur géilleadh d'iarratas uaidh, nó go bhfuil dea-scéala de shaghas eile agat dó, féadfaidh tú leas a bhaint as abairt tosaigh dá leithéidí seo:

*Is maith liom é a bheith le hinsint agam duit go…*

*Is maith liom go bhfuil dea-scéala agam duit faoi…*

Nuair is gá a chur i bhfios do dhuine nach féidir géilleadh d'iarratas uaidh, ná tabhair an t-eiteachas tur dó. Cuirfidh tú i dtuiscint dó nach fonn leat a iarratas a bheith á dhiúltú má thosaíonn tú mar seo:

*Is oth liom nach bhfuil dea-scéala agam duit faoi…*

Uaireanta b'fhéidir gur fearr a d'oirfeadh sé fios fátha an diúltaithe a insint go soiléir i dtosach báirc, agus i ndeireadh do theachtaireachta a rá leis:

*Is trua liom nach bhfuil scéal níos fearr ag an gComhairle Ealaíon duit.*

*Ní nach ionadh beidh díomá ort, ach tá súil agam gur léir duit anois nárbh fhéidir déanamh mar a d'iarr tú.*

Bheadh cásanna ann ina dtiocfadh leat eolas dá léithéid seo a thabhairt do dhuine chun maolú ar a dhíomá:

*Má thagann athrú ar do chúrsaí, scríobh chugainn arís más dóigh leat go gcuirfeadh an t-athrú i dteideal an deontais thú.*

Ní rud annamh é mífhoighne a theacht ar dhaoine má bhaineann puinn moille le heolas a chur chucu i dtaobh iarratais a rinne siad. Beidh do fhreagra ar ghearán ag brath ar chúrsaí an cháis áirithe. Uaireanta d'oirfeadh freagra mar é seo:

*Fuarthas fiafraí an 3 Eanáir uait faoin iarratas a chuir tú chugainn roimhe sin.*

*Níor críochnaíodh fós an fiosrú ba ghá a dhéanamh i dtaobh an iarratais, ach táthar ag brostú leis agus cuirfear an toradh i bhfios duit a luaithe is féidir.*

Uaireanta eile ba ghá leithscéal a dhéanamh faoin moill, e.g.

Gabhaimid leithscéal leat faoin moill a bhain leis an scéal. Is amhlaidh atá broid oibre chomh mór sin san oifig le tamall anuas nach féidir freastal mar ba mhaith linn ar gach gnó dá mbíonn le déanamh.

Teach an Óil

**Aiféaltas**

I gcásanna áirithe níor mhór litir aiféaltais a chur chuig an ngearánaí. Seo sampla dá leithéid:

> *Fuarthas litir an 10 Iúil uait i dtaobh leabhair a ndearnadh moill ar a sheachadadh duit.*
>
> *Is cúis aiféala dúinn é gur tharla an mhoill agus gur bhain ciotaí duit dá dheasca.*
>
> *Táimid buíoch díot as an scéal a chur in iúl dúinn agus déanfar beart mar is cuí ina thaobh.*

I bhfreagra ar ghearán den sórt sin, ní mór a bheith discréideach faoi admhálacht in aon chiotaí nó caillteanas agus faoi mhilleán a leagan ar aon duine áirithe.

Is gá amanna scríobh chuig daoine á mheabhrú dóibh nach bhfuarthas freagra ar litir a cuireadh chucu, nó nach bhfuarthas táille nó suim airgid éigin eile a bhí le híoc acu. Seo samplaí de litreacha a bheadh oiriúnach:

> *Chuir tú chugainn ar an 16 Meitheamh na foirmeacha iarratais ar phost…, ach ní bhfuarthas ina dteannta an táille ba ghá a bheith ag gabháil leo, is é sin… (féach rialachán…).*
>
> *Ar mhiste leat an tsuim sin a sheoladh chugainn gan mhoill.*
>
> *Ní féidir glacadh le d'iarratas mura bhfaighfear an táille sin ar an … ar a dhéanaí.*

Cuireadh litir chugat ón Oifig seo ar an 3 Feabhra á chur in iúl duit go bhfuil suim... dlite uait as...

Ní mór dom a mheabhrú duit go bhfuil an tsuim sin gan íoc fós agus a iarraidh ort í a chur ar aghaidh a luaithe a bheidh caoi agat air.

*Scríobhamar chugat ar an 16 Lúnasa i dtaobh d'éilimh ar... agus d'iarramar ort an t-eolas breise seo a leanas a chur chugainn ina thaobh:*

*Ní mór dom a mheabhrú duit nach bhfuaireamar freagra fós ar an litir agus a iarraidh ort an t-eolas sin a chur ar aghaidh gan mhoill.*

Cuireadh chugat ón Oifig seo ar an 27 Iúil litir a bhain le...

Ní bhfuarthas aon fhreagra ar an litir sin, agus ba chomaoin linn é dá gcuirfeá chugainn, a luaithe a bheidh caoi agat air, an t-eolas a iarradh inti.

An litir a bheadh le cur chuig duine á mheabhrú dó go bhfuil bille gan íoc aige, d'oirfeadh leagan mar é seo di:

4 Feabhra, 1996

A Dhuine Uasail,

Chuireamar chugat ar an 3 Eanáir cuntas a thaispeáin go raibh suim £168 le híoc agat as gluaisteán a dheisiú agus peitreal a sholáthar duit i mí na Nollag, 1995.

Níor íocadh an tsuim sin fós agus bheimis buíoch díot as an gcuntas a shocrú a luaithe a bheidh caoi agat air.

Mise le dea-mhéin duit,
Cynthia Ní Mhurchú,
Cuntasóir.

Más gá litir is láidre ná sin a chur chuige, toisc neamhaird a bheith á tabhairt aige ar an scéal, d'fhéadfaí scríobh chuige mar seo:

Is oth linn gur gá dúinn scríobh chugat arís faoi shuim £168 (céad seasca a hocht punt) atá dlite uait dúinn ón 31 Nollaig, 1995.

Chuireamar cuntas chugat gach mí ó shin agus dhá litir (4 Feabhra agus 3 Márta) á iarraidh ort an tsuim sin a íoc.

Is leasc linn an scéal a chur ar láimh ár n-aturnae, ach mura bhfaighimid an íocaíocht uait le casadh an phoist ní bheidh de rogha againn ach é sin a dhéanamh.

Is leor de fhreagra ar an té nach raibh uaidh ach cóip d'fhoirmeacha nó de rialacháin, etc., na cáipéisí cuí a chur ar aghaidh chuige agus bileoigín dhea-mhéine ag gabháil leo, nó litir ghairid, e.g.

> *Seo chugat na foirmeacha a d'iarr tú i litir an 21 Lúnasa uait.*

> Fuarthas litir an 12 Deireadh Fómhair uait i dtaobh an chomórtais do chúntóirí cléireachais agus tá cóip á cur chugat agam leis seo de na rialacháin agus eile a bhaineann leis an gcomórtas.

I bhfreagra ar dhuine a d'iarr eolas faoi ábhar ar féidir leat leabhrán nó bileog mhíniúcháin ina thaobh a chur chuige, dhéanfadh sé cúis admháil a thabhairt ar a litir agus abairt nó dhó ar an dul seo a chur sa litir uait féin:

> Tá cóip istigh leis seo de leabhrán a thabharfaidh duit an t-eolas a d'iarr tú. Má bhíonn tuilleadh eolais ag teastáil uait, téigh i dteagmháil leis an Oifig FÁS is cóngaraí duit.

# Comhfhreagras Inmheánach

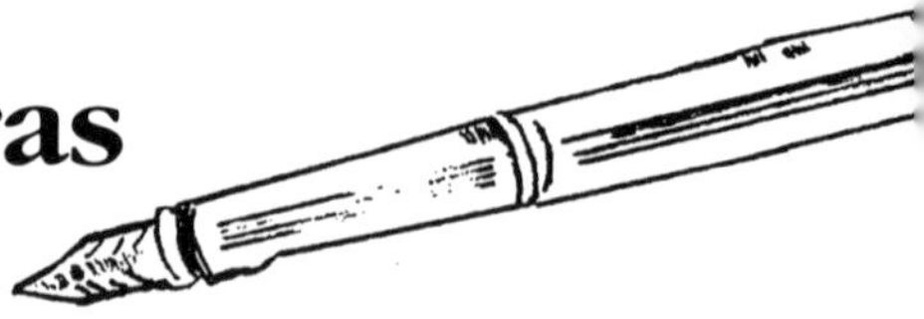

Gabhann béarlagair ar leith le gnóthaí riaracháin, faoi mar a ghabhann le mórán gnóthaí eile. Tá bunús ar fónamh le cion maith den bhéarlagair sin agus feidhm dhlisteanach leis. Tá fás thar goimh déanta aige, áfach, agus seoraí ann nach bhfuil iontu ach forcamás cainte. Cuid acu siúd tá siad doiléir nó místuama, agus tá tuilleadh acu folamh ar fad ó bhrí. Má théann tú ina muinín, is baol duit gréasán folach nach mbeadh dlúth ná inneach faoi a bheith i do scríbhinní agat.

I do chomhfhreagras leis an bpobal, ba cheart duit féachaint leis an mbéarlagair oifigiúil a sheachaint chomh fada agus is féidir sin. Níl srian mar sin ort, áfach, nuair a bheadh scríbhinní á n-ullmhú agat lena gcur go státseirbhísigh eile. "Aithníonn fear na holla a dhíol fear na holla a cheannach." Ní dócha duit, ar ndóigh, a bheith ag scríobh chun daoine d'aon ghnó d'fhonn feabhas agus fairsinge d'eolais ar an nGaeilge a chur ina luí orthu. Is é a bheidh uait brí na teachtaireachta atá agat dóibh a chur in iúl go héifeachtach. Mar sin ní tairbhe duit é dua gan ghá a chur ar lucht a léite chun do scéal a bhreith leo go cruinn.

Cuid de na litreacha a chuirtear amach chun an phobail ó Ranna Rialtais, is ó oifig an Aire, agus faoina shíniú féin, nó faoi shíniú a rúnaí phríobháidigh nó phearsanta, a thagann siad. I litreacha eile don phobal is minic nach gá an tagairt dhíreach do fhreagracht an Aire. Ós eol do chách go mbíonn a liacht sin cúraimí ar Aire nach féidir a thabhairt faoina bhráid ach an chaolchuid de na cásanna a scríobhtar chun a Roinne ina dtaobh, ní fiú a bheith á chur i gcéill go mbíonn baint ag an Aire go pearsanta le gach uile litir óna Roinn. Ina cheann sin, ní féidir snáithe an mhuintearais a ghreamú in uige d'abairtí foirmiúla.

I gcomhfhreagras inmheánach na Státseirbhíse, áfach, is é an gnáthchleachtadh é foirmlí áirithe a úsáid i scríbhinní foirmiúla lena léiriú gur ón Aire a shroicheann an t-údarás dóibh.

**Meamraim**

Ar na scríbhinní sin tá ceann a dtugtar *meamram* air. Baintear feidhm fhairsing as mar chóir chumarsáide fhoirmiúil (a) ó Roinn go Roinn eile, agus (b) ó oifigeach go hoifigeach eile sa Roinn chéanna leis.

*Leagan amach*

An meamram atá le cur go Roinn eile luaitear uimhreacha tagartha an dá Roinn air, má bhíonn eolas ar uimhir thagartha na Roinne eile. Scríobhtar teideal an tseolaí agus ainm a Roinne ar an imeall clé. Tosaítear ar an meamram gan beannú don seolaí, agus cuirtear críoch leis gan ceiliúradh dó.

An meamram atá le cur ag oifigeach go hoifigeach eile sa Roinn chéanna, is ceart é a scríobh ar an bpáipéar ar leith a bhíonn ar fáil chuige sin. Scríobhtar ainm an tseolaí, nó a ghrád, ar bharr an leathanaigh. Ní chuirtear beannú ná ceiliúradh don seolaí sa mheamram seo ach oiread. Scríobhann an seoltóir a ainm ag a bhun, nó cuireann sé a thúslitreacha ann. Thíos faoina shíniú is ea a chuireann sé an dáta.

*Abairtí tosaigh*
Leis an meamram oifigiúil ó Roinn go Roinn eile iarrtar nó tugtar, in ainm an Aire, údarás foirmiúil chun gníomhaíocht áirithe a chur i gcrích nó chun caiteachas áirithe a fhaomhadh. Uime sin is gnách go léirítear ina thús an t-údarás leis a theacht ón Aire. Chuige sin úsáidtear abairtí dá leithéidí seo:

*Tá sé ordaithe dom ón Aire... a rá...*

*Is mian leis an Aire... go gcuirfinn in iúl duit...*

*Maidir leis an meamram dar dáta 31 Iúil ó do Roinn, agus leis an gcomhfhreagras roimhe sin faoi..., tá sé ordaithe dom ón Aire... a rá...*

*Maidir le meamram an 2 Bealtaine uait, agus leis an gcomhfhreagras leathoifigiúil ó shin, tá sé ordaithe dom ón Aire a rá...*

*Ag tagairt do mheamram an 24 Márta uait maidir le..., is mian leis an Aire... go gcuirfinn in iúl duit...*

Uaireanta ní gá dul i bhfadscéal leis an meamram. Is leor cur síos gairid ar a bhfuil á iarraidh ar an Roinn eile, nó freagra gairid ar an iarratas a fuarthas uaithi. Uaireanta eile is gá dul i mbun argóinte agus áitimh ann d'fhonn an teachtaireacht a chur i gcion ar an Roinn eile. Tríd síos tugtar údarás an Aire chun suntais, go díreach nó le habairtí ina n-úsáidtear na focail "Tá orm," e.g.

(In iarratais chun na Roinne eile):

*Mar sin tá orm údarás a lorg chun an caiteachas sin a thabhú.*

*Ba mhaith leis an Aire scéala a fháil go gcomhthoilíonn an tAire Airgeadais leis an moladh sin.*

*Ba chomaoin leis an Aire é freagra a fháil go luath.*

*Tá súil ag an Aire go dtiocfaidh leis an Roinn an t-údarás sin a thabhairt.*

(I bhfreagraí – *aontú*):

*Mar gheall ar chúrsaí uile an cháis áirithe seo, tá orm a chur in iúl duit go gceadaíonn an tAire........*

*Ag féachaint dó do na cúrsaí speisialta, tá ceadú iar-ré tugtha ag an Aire leis an gcaiteachas a tabhaíodh.*

*Tá ceadú á thabhairt ag an Aire ar an mbonn tuisceana go........*

*Aontaíonn an tAire tríd is tríd leis na tuairimí sin, ach braitheann sé/sí gur ceart a chur in iúl........*

(I bhfreagraí – *diúltú*):

*Tá orm a rá gurb oth leis an Aire nach féidir déanamh mar is mian leat sa scéal.*

*Ní féidir don Aire na coinníollacha atá leagtha amach i meamram an 12 Aibreán ón Roinn seo a ligean i gceal.*

*Is oth leis an Aire nach bhfuil ar a c(h)umas an bhreith a cuireadh in iúl cheana féin do........a mhaolú.*

*De réir an eolais a cuireadh os a c(h)omhair, ní thig leis an Aire an togra a cheadú.*

**Meamraim Shamplacha**

An Rúnaí

An Roinn..........................................................................

Tá sé ordaithe dom ón Aire Airgeadais tagairt don mheamram (C/296) dar dáta ........ón Uasal........mar gheall ar fhoireann Bhrainse an ........de do Roinnse.

Ós é tuairim do Roinne nach féidir faoi láthair duine lánch//áilithe a fháil don phost de thoradh comórtais, tá orm ceadú an Aire a thabhairt don mholadh chun post amháin mar ... a chur ar ceal go sealadach agus post breise mar ... Cúnta a bhunú ina ionad. Údaraíonn sé duit a iarraidh ar Choimisinéirí na Státseirbhíse an post a fhógairt lena líonadh de thoradh comórtais.

Ba cheart dréacht de na Coinníollacha Seirbhíse a chur chun an Aire Airgeadais in am agus i dtráth, agus na dréacht-Rialacháin a shocrú le Coimisiún na Státseirbhíse sula gcuirfear faoina bhráid iad.

(Síniú)..........................

(Dáta)

1. An tUasal........................, lena fheiceáil.

2. Iníon......................

Is mian leis an Aire go gcuirfinn in iúl duit go bhfuil an tAire sásta thú a ardú go grád..........., le héifeacht ón...........

Amhail ón dáta sin, cuirfear thú ar an scála don phost nua (is é sin,............) ag bunphointe an scála sin. Is é ...........dáta do bhreisithe feasta.

Gabhann sé de choinníoll leis an ardú céime go síneoidh tú an Fhoirm Ghlactha atá i gceangal leis seo. Ar mhiste leat an fhoirm sin a shíniú agus í a chur ar ais chuig an Rannóg Phearsanra, má tá tú ag glacadh leis an ardú.

..................................................

Oifigeach Pearsanra

(Dáta)..............................

**Litreacha Leathoifigiúla**

Sula gcinntear ar mheamram oifigiúil a chur ó Roinn go Roinn eile, is minic a bheadh an gnó áirithe faoi phlé roimh ré i gcomhfhreagras ag oifigeach sa Roinn le hoifigeach iomchuí sa Roinn eile. Litreacha leathoifigiúla a thugtar ar an gcomhfhreagras sin. Baintear feidhm astu freisin chun ceisteanna a chíoradh a bhainfeadh le pointí ar leith i meamram a fuarthas ó Roinn eile, nó chun an bhreith a tugadh in aon chás áirithe a léirmhíniú go neamhfhoirmiúil.

Beannaítear ina ainm nó ina shloinne don seolaí, e.g. *A Uasail Ó Cuilleanáin* (nó *A Chuilleanánaigh), a chara*, nó, má bhíonn aithne mhaith ag an scríbhneoir air, *A Sheáin, a chara*, agus ceiliúrtar dó i ndeireadh na litreach; *Mise le dea-mhéin*, nó *Le gach dea-ghuí*, an gnáthcheiliúradh.

Ba chóir go mbeadh corp na litreach freisin ar ghannchuid foirmiúlachta.

Sampla:

E97/2/69

A Chormaic, a chara,

Do mheamram oifigiúil (D 21/10) dar dáta 16 Eanáir, maidir le...............

Ní léir cúis ar bith nach ngabhfadh sibh an obair de láimh, ach d'fhonn tuilleadh breithnithe a dhéanamh féachaint cé mhéad ba tháille leorcheart as an obair, ba mhaith linn eolas a fháil ar na pointí seo-

(1) An le linn gnáthuaireanta oifige a dhéanfar an obair?

(2) Grád an oifigigh nó na n-oifigeach a bheidh ag gabháil don obair?

(3) Cá fada a mheasann tú a thógfadh sé an obair a dhéanamh?

Más gá an obair a mhaoirsiú nó a scrúdú, ba cheart an t-am a chaithfeadh an t-oifigeach uachtarach i mbun an chúraim sin a lua freisin.

Mise le meas,

**Diarmaid Ó Cathasaigh**

**Scríbhinní Treorach**

Nuair a bhíonn scríbhinn á cur ag oifigeach go hoifigeach eile i Roinn nó in Oifig, bheadh sé áiseach dó go minic feidhm a bhaint as bileoigín mar í seo thíos chun a chur i bhfios don oifigeach eile cad é an fáth ar seoladh an scríbhinn áirithe chuige.

Dáta..............

Ó........................

Le do thoil:

| | | | |
|---|---|---|---|
| Glaoigh orm | ☐ | Tabhair dom an comhad iomchuí | ☐ |
| Freagair | ☐ | Cuir ar ais chuig.......... .............................. | ☐ |
| Do thuairim | ☐ | Comhdaigh | ☐ |
| Údaraigh | ☐ | Mar eolas duit | ☐ |
| Faoi mar a iarradh | ☐ | Léigh agus cuir timpeall | ☐ |
| Déan beart dá réir | ☐ | | |

Tuairimí ....................................................

.................................................................

.................................................................

.................................................................

**Miontuairiscí**

An cuntas foirmiúil a thugtar ar na himeachtaí ag cruinniú (cruinniú tionscnaimh, cruinniú ginearálta bliantúil, gnáthchruinniú, cruinniú urghnách nó speisialta nó reachtúil) de bhord, de chuideachta ghnó, de chomhlacht eile, nó de choiste, cuirtear é i bhfoirm ar a dtugtar miontuairiscí ("minutes" i mBéarla). Braitheann sé ar an gcineál comhlachta atá ann cá mhéad is gá cloí le foirmiúlacht cháiréiseach.

Baineann an sampla ar lch 59 le himeachtaí cumainn shóisialta. Leagtar amach an clár gnó do chruinnithe de chomhlachtaí agus de choistí eile, agus cuirtear na miontuairiscí orthu as a chéile, de réir an eagair ghinearálta sin. Baineann rialacháin ar leith le cruinnithe de chuideachta ghnó agus gnásanna ar leith le comhlachtaí áirithe.

**Seiceanna, Orduithe íocaíochta, Pá, etc.**

An t-ordú íocaíochta a bhfuil an tsuim (£98.11) le scríobh isteach i mboscaí ann, cuirtear an uimhir i bhfocail faoin gceannteideal cuí. Scríobhtar na huimhreacha san fhoirm ina ndéarfaí iad dá mbeifí ag comhaireamh airgid gan 'punt', etc., a lua, ach sa chás sin fágtar ar lár an mhír 'a' a ghabhann le bunuimhreacha de ghnáth, e.g:

| Puint | Pinginí |
|---|---|
| Nócha a hOcht | Aon Déag |

**1 – 10.** Aon (Dó, Trí...) Deich.
**11 – 19.** Aon Déag (Dó Dhéag, Trí Déag ...) Naoi Déag.
**20.** Fiche.
**21 – 29.** Fiche a hAon (Fiche a Dó...) Fiche a Naoi.
**30 – 90.** Tríocha (Daichead, Caoga, Seasca, Ochtó) Nócha.

## Miontuairiscí

*Tionóladh cruinniú de Choiste Cheolchumann Bhaile na bhFuiseog i Halla an Bhaile, Dé hAoine, 26 Meán Fómhair, 1997, ar 8 p.m.*

*I láthair:*

*Seán Mac Róibín, Cathaoirleach (i gceannas); An tAthair Ó Droma; Diarmaid de Londras; Gobnait Crócar; Máirín de Barra, Cisteoir Oinigh; Lúcás Ó hÉanacháin, Rúnaí Oinigh.*

*Leithscéalta: S. Ó Cadhain*

*Miontuariscí:*

*Léadh miontuairiscí an chruinnithe dheireanaigh agus glacadh leo agus shínigh an Cathaoirleach iad.*

*Cuntas Airgeadais:*

*Chuir an Cisteoir cuntas airgeadais an Chumainn faoi bhráid an Choiste agus glacadh leis.*

*Ceolchoirm:*

*Beartaíodh ceolchoirm a chur ar siúl an chéad seachtain de mhí na Nollag seo chugainn.*

*Socraíodh go n-iarrfaí orthu seo a leanas páirt a ghlacadh inti:*

........................................................................................

........................................................................................

........................................................................................

*Ceapadh Fochoiste – an Cathaoirleach, an Rúnaí, agus Gobnait Crócar – chun an réamhullmhúchán a dhéanamh.*

*An Chéad Chruinniú eile:*

*Socraíodh an chéad chruinniú eile den Choiste a thionól Dé hAoine, 17 Deireadh Fómhair, 1997, ar 8 p.m.*

**100 – 110.** Céad (Céad a hAon, Céad a Dó ...) Céad a Deich.

**211 –219.** Dhá Chéad a hAon Déag (a Dó Dhéag ...) a Naoi Déag.

**320 – 329.** Trí Chéad is Fiche, Trí Chéad Fiche a hAon (Fiche a Dó ...) Fiche a Naoi.

**1000 – 1010.** Míle (Míle a hAon, Míle a Dó ...) Míle a Deich.

**2111 – 2119.** Dhá Mhíle, Céad a hAon Déag (a Dó Dhéag ...) a Naoi Déag.

**3120.** Trí Mhíle, Céad is Fiche.

**4121 – 4129.** Ceithre Mhíle, Céad Fiche a hAon (a Dó ...) Ceithre Mhíle, Céad Fiche a Naoi.

**10,831.** Deich Míle, Ocht gCéad Tríocha a hAon.

**11,512.** Aon Mhíle Dhéag, Cúig Chéad a Dó Dhéag.

**100,710.** Céad Míle, Seacht gCéad a Deich.

**456,789.** Ceithre Chéad Caoga is Sé Mhíle, Seacht gCéad, Ochtó a Naoi.

*Sa chóras deachúil scríobhtar suimeanna amach mar seo:*

**1p (£0.01)** – Aon phingin amháin.

**£1** Aon phunt amháin.

**2p – 6p (£0.02 – £0.06)** – dhá phingin; trí (ceithre, cúig, sé) pingine.

**£2 – £6** – dhá (trí, ceithre, cúig, sé) phunt.

**7p – 10p (£0.07 – £0.10)** – seacht (ocht, naoi, deich) bpingine

**£7 - £10** – seacht (ocht, naoi, deich) bpunt.

**11p – 16p – (£0.11 – £0.16)** – aon phingin déag; trí (ceithre, cúig, sé) pingine déag.

**£11 – £16** – aon (dhá, trí, ceithre, cúig, sé) phunt déag.

**17p – 19p – (£0.17 – £0.19)** – seacht (ocht, naoi) bpingine déag.

**£17 – £19** – seacht (ocht, naoi) bpunt déag.

**20p – 90p (£0.20 – £0.90)** – fiche (tríocha, daichead, caoga, seasca, seachtó, ochtó, nócha) pingin.
**£20 – £90** – fiche (tríocha, daichead, caoga, seasca, seachtó, ochtó, nócha) punt.

**21p – 31p – 91p (£0.21, £0.31, £0.91)** pingin is fiche (tríocha … nócha).
**£21 – £31 – £91** – punt is fiche (tríocha … nócha).

**23p – 26p (£0.23 – £0.26)** – (trí … sé) pingine is fiche.
**£22 – £26** – dhá (trí … sé) phunt is fiche.

**27p – 29p (£0.27 – £0.29** – seacht (ocht, naoi) bpingine is fiche.
**£27 – £29** – seacht (ocht, naoi) bpunt is fiche.

Nuair a bheidh puint agus pinginí araon sa tsuim, is ceart figiúirí a úsáid in ionad focal do na pinginí, e.g:

£101.99 – céad is aon phunt amháin 99.

£1021.06 – míle, fiche is aon phunt amháin 06.

Nuair a scríobhtar suim amach sa ghnáthshlí cuirtear na haonaid chun tosaigh ar *tríocha* (30), *daichead* (40), *caoga* (50), *seasca* (60), *seachtó* (70), *ochtó* (80) agus *nócha* (90), i gcás suimeanna faoi bhun *céad* (100), ach i gcás suimeanna os a chionn cuirtear na haonaid ar deireadh.

| | |
|---|---|
| £101 | céad is aon phunt amháin |
| £1001 | míle is aon phunt amháin |
| £1011 | míle is aon phunt déag |
| £1020 | míle is fiche punt |
| £1021 | míle, fiche is aon phunt amháin |
| £21,000 | fiche is aon mhíle punt |
| £32,000 | tríocha is dhá mhíle punt |

| | |
|---|---|
| £44,044 | daichead is ceithre mhíle, daichead is ceithre phunt |
| £101,000 | céad is aon mhíle punt |
| £211,101 | dhá chéad is aon mhíle dhéag, céad is aon phunt amháin |
| £321,000 | trí chéad fiche is aon mhíle punt |
| £431,001 | ceithre chéad tríocha is aon mhíle, is aon phunt amháin |
| £567,789 | cúig chéad seasca is seacht míle, seacht gcéad ochtó is naoi bpunt. |
| £1,001,001 | milliún, míle, is aon phunt amháin. |

*Nótaí:*

(1) Ní théann aon athrú ar thúslitir ná ar fhoirm na bhfocal i ndiaidh *suim*.

(2) Nuair nach *uimhir shlán* de mhílte nó de mhilliúin atá sa tsuim, cuirtear camóga isteach san ionad a mbeidís le cur i ndiaidh figiúirí, e.g:

*£71,000 seachtó is aon mhíle punt, ach £71,100 seachtó is aon mhíle, is céad punt;*

*£13,000,000 trí mhilliún déag punt, ach*
*£13,300,300 trí mhilliún déag, trí chéad míle, is trí chéad punt.*

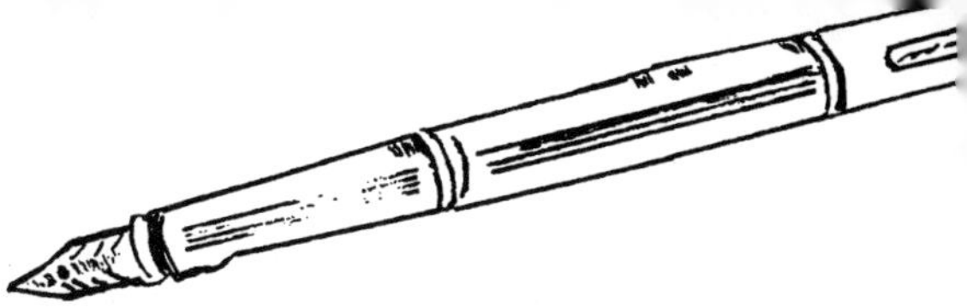

# Cóiriú agus Teilgean na Cainte

An teachtaireacht a bheidh tú a chur i scríbhinn, beidh caoi agat eagar a cheapadh di roimh ré, agus bail a chur uirthi tar éis a scríofa. Mar sin beidh breith agat ar í a chur in iúl go soiléir, go cruinn caoinbhéasach, agus i gcruth slachtmhar.

Más teachtaireacht fhada í, is fiú duit na príomhphointí a bhreacadh síos go garbh ar dtús, agus ansin iad a chur in ord loighciúil sula rachaidh tú i mbun na scríbhinne. Féadfaidh tú dá thairbhe sin do smaointe a thabhairt chun cruinnis orthu pointe ar phointe agus ní bheidh do cheann ina cheo. Cuirfidh sé ar do chumas freisin do theachtaireacht a chur in alt a chéile go slachtmhar ina míreanna.

An scríbhinn a chuirfí as a chéile go córach, tugann sí taitneamh don tsúil agus is dóigh di éifeacht a bheith léi nach ngabhfadh le scríbhinn mhíchóirithe.

Beidh éifeacht do scríbhinne ag brath cuid mhaith ar a fheabhas a éireoidh leat do scéal a chur i gcion ar an léitheoir, ar a chéad léamh dó, mar is áil leat é a dhul i gcion air. Ní féidir leat talamh slán a dhéanamh de go léifidh sé an dara huair é. Is cóir duit dá bhrí sin féachaint leis na habairtí a dhéanamh lánsoiléir don té a bhfuil tú ag scríobh chuige, ionas go dtabharfaidh sé leis go cruinn as gach abairt díobh an bhrí agat féin léi.

### Abairtí Athbhríocha

Is minic drochbhail ar scríbhinní toisc nach mbaintear leas as an tsaoirse is ceadaithe a chur i bhfeidhm ar an abairt Ghaeilge chun a ciall a thabhairt chun cruinnis, nó chun slacht a chur uirthi nó chun treise a chur le cuid di.

Mar shampla, is abairtí athbhríocha leibideacha iad seo:

*Cuirfear chugat na foirmeacha atá ag teastáil uait amárach.*

*Íocfar leat an tsuim atá ag dul duit i ndeireadh na míosa.*

B'fhurasta iad a chur ina gceart ach athrú beag a dhéanamh ar shuíomh na bhfocal iontu, mar seo

*Cuirfear chugat amárach na foirmeacha atá ag teastáil uait.*

*Íocfar leat i ndeireadh na míosa an tsuim atá ag dul duit.*

Focal nó dhó sa bhreis a chur le habairt, b'fhéidir gur ghá duit dá chionn sin malairt ionaid a thoghadh d'fhocal nó dhó de chuid na habairte bunaidh chun go mbeadh dul ceart agat ar an abairt nua, e.g.

*Chuir mé an leabhar chuige* ach *Chuir mé chuige an leabhar a bhí uaidh* (fágann sin nach bhfuil *uaidh chuige* le hais a chéile i ndeireadh na habairte nua).

**Eagar agus Ord**

Is é an dul is gnách ar an abairt shimplí an briathar a bheith ina tosach, an t-ainmfhocal nó eile a insíonn cé hé, nó cad é, an gníomhaí a theacht ina dhiaidh, agus ansin na focail eile. Dá gcloífí go ródhlúth leis an dul sin, bheadh abairtí á gcumadh nach mbeadh cuma ná caoi orthu, e.g. *D'imigh an t-oifigeach nua a tháinig isteach inné inniu.* Má fhéachann tú siar ar na samplaí a ceartaíodh ar ball, feicfidh tú gurb é seo an rud a rinneadh chun iad a chur ina gceart.

Cuireadh i dtosach na habairte an fhaisnéis iomlán

(*Cuirfear chugat amárach, Íocfar leat i ndeireadh na míosa, Chuir mé chuige*) a tugadh faoin ábhar cainte (*na foirmeacha ... uait, an tsuim ... duit, an leabhar ... uaidh*). I gcás an tsampla seo anois againn, b'fhearr a mhalairt a dhéanamh, is é sin, an t-ábhar cainte a thabhairt chun tosaigh, agus an fhaisnéis ina thaobh a bheith i ndeireadh na habairte, mar seo:

> *An t-oifigeach nua a tháinig isteach inné, d'imigh sé inniu.*

Is minic dul mar sin ar sheanfhocail, e.g. *An té a mbíonn an t-ádh ar maidin air, bíonn sé air maidin agus tráthnóna.* Oireann sé go háirithe ainmfhocal atá á cháiliú ag clásal a chur i dtosach na habairte ar an gcuma sin. Féadtar é a dhéanamh chomh maith gan an t-ainmfhocal a bheith ina ainmfhocal cinnte (gan an t-alt a bheith ag gabháil leis), e.g. *Aon duine a gheofar ciontach sa rialachán seo a shárú, dlífear fíneáil nach mó ná £10 a chur air.*

**Clásal Cáilithe**

Casadh eile lena gcuirtear maise ar abairt is ea an t-ainmfhocal a scaradh ó chlásal atá á cháiliú, e.g. *Tá pingin agam a bhfuil poll inti.* Fóireann sé chun abairtí a chumadh ar dhóigh nach gcuirfí dhá ainm bhriathartha le hais a chéile, e.g. *Ní mór duit an gnó a dhéanamh a ordaíodh duit a dhéanamh.* Tuaiplis a dhéantar minic go maith i scríbhinní oifigiúla, d'fhéadfaí í a sheachaint ach feidhm a bhaint as an gcasadh sin. Is amhlaidh a scríobhtar abairtí dá leithéid seo – *Tá orm a chur chugat leis seo cóipeanna de na horduithe* – á cheapadh gur féidir iad a chur ar an dul céanna le habairtí mar iad seo – *Tá orm a chur in iúl go bhfuarthas do litir. Tá orm a iarraidh ort an gnó a chur i gcrích.* Ní féidir an chéad abairt a chur de réir an phéire dheireanaigh de bhrí gurb ainmfhocal (*cóipeanna*) atá mar chuspóir ag an ainm briathartha (*cur chugat*). Tá sí lán chomh mícheart le *Tá orm a thabhairt duit an t-airgead!*

Ní ceart múnla an phéire eile a úsáid ach amháin nuair is clásal (e.g. *go bhfuarthas do litir*) nó abairtín ainm bhriathartha (e.g. *an gnó a chur i gcrích*) atá mar chuspóir ag ainm briathartha, is é sin, cuspóir nach bhfuil ginideach aige. Mura ndéanfadh sé cúis *Tá orm* a ligean ar lár agus *Cuirim chugat leis seo, lena n-aistriú, cóipeanna de na horduithe seo a leanas* a scríobh nó *Tá na horduithe seo a leanas á gcur chugat agam lena n-aistriú*, féadtar casadh mar atá luaite thuas a chur ar an abairt – *Tá orm cóipeanna a chur chugat leis seo, lena n-aistriú, de na horduithe seo a leanas.*

Ní abairt chríochnúil í an abairt a mbeadh dhá ainm bhriathartha le hais a chéile inti, e.g. "Tá údarás aige cánacha a ghearradh agus aon ní eile, atá riachtanach chun an tír a chosaint, a dhéanamh". Is féidir de ghnáth bealach a aimsiú chun iad a scaradh ó chéile. Dhéanfaí mar seo é in abairt den chineál sin – *Tá údarás aige cánacha a ghearradh agus aon ní eile a dhéanamh is gá chun an tír a chosaint.*

**Críochnúlacht**

Cuirfidh an cúpla pointe sin i dtuiscint duit nach foláir cúram a dhéanamh de riar na habairte ar mhaithe leis an gcruinneas agus leis an gcríochnúlacht. Is fiú duit freisin féachaint chuige nach mbeidh abairtí fada, agus clásail choibhneasta ar crochadh astu, á scríobh agat. Is fearr a thabharfaidh tú do scéal chun soiléire má éiríonn leat a bhfuil le rá agat a chur síos in abairtí díreacha agus iad gairid gan a bheith giortach. Má theipeann ort ráiteas a thabhairt chun críche gan an iomarca faid a bheith san abairt agat, b'fhiú í a scrúdú athuair, ar ball, féachaint an dtiocfadh leat bearna a oscailt inti agus dhá abairt nó níos mó a dhéanamh di. Agus ní miste a mheabhrú nach bhfuil doicheall mór roimh *agus* ná *ach* i bhfíorthosach abairte i nGaeilge, ach gan dul thar fóir leis.

Nuair is gá duit sliocht a thabhairt as reacht nó rialachán nó as scríbhinn eile, is fearr insint dhíreach a thabhairt air. Féadfaidh tú sin a dhéanamh ach abairtín mar seo a chur roimhe:

*Foráiltear mar leanas le hAlt 6 den Acht:*

*Is é seo an coinníoll atá leagtha síos sna rialacháin:*

*Seo mar a deir an t-alt:*

Is iomaí duine, áfach, ar bheag an tairbhe dó lominsint neamhphearsanta ar fhorálacha reachta nó rialacháin. Is é is ceart a dhéanamh ar mhaithe le duine den sórt sin éirim na bhforálacha a chur i bhfios dó ar an dóigh is fearr a d'fhreagródh do chúrsaí a cháis féin. Chuige sin is féidir leas mór a bhaint as *má, dá*, e.g.

*Má tá 70 bliain d'aois agat,*

*Más ar do chonlán féin a bhí tú ag obair, bheadh teideal agat chun … a fháil.*

*Dá bhféadfá cuntas a chur isteach chugainn ar …*

Bheadh sé áiseach agat uaireanta tosú ar scéal a mhíniú le *Is amhlaidh atá/a bhí, a rinne, etc. (nach bhfuil, nach raibh, nach ndearna, etc.)* Ná bíodh sé de dhearmad ort, áfach, an fhoirm mhícheart den bhriathar a chur ina dhiaidh, e.g. níor cheart *gur éirigh* a scríobh in aon abairt acu seo:

*Is amhlaidh a d'éirigh sé as an obair.*

*An amhlaidh a d'éirigh sé as an obair?*

*Ní hamhlaidh a d'éirigh sé as an obair.*

*B'fhéidir gurb amhlaidh a d'éirigh sé as an obair.*

Ós rud é nach annamh abairtí a mbíonn clásal coibhneasta le cur isteach iontu ag dul in achrann ar dhaoine, ní miste aird a tharraingt ar dhá shaghas abairte, go háirithe, nach ndéantar ionramháil mar is ceart orthu. Seo roinnt samplaí de shaghas amháin, mar is ceart iad a scríobh:

*Cathain (a cheaptar) a bheidh an obair críochnaithe?*

*Conas (a mheasann tú) a éireoidh leat sa ghnó?*

*Cad é an méid (is dóigh leat) a chosnóidh an obair?*

*Cén fáth (a deirtear) a gcaithfear an obair a dhéanamh athuair?*

*Cuir in iúl dom cad é an tsuim (a mheastar) a bheadh le híoc agam.*

*Sin iad na cúrsaí (a deirtear) nach bhfuil réitithe fós.*

Na focail atá faoi lúibíní i lár na n-abairtí sin, tugtar clásail idiraisnéiseacha orthu. Tugann siad faisnéis, i modh tuairime nó measa nó ráitis, faoin gclásal a thagann i ndiaidh na lúibíní. Tá sé le tabhairt faoi deara (a) go mbeadh gach ceann de na habairtí sin slán ó thaobh céille agus gramadaí dá mbainfí astu na focail faoi lúibíní, agus (b) nach dtugann na focail sin aon athrú ar mhúnla na habairte. Chun é sin a thabhairt chun suntais is ea a cuireadh na clásail idiraisnéiseacha faoi lúibíní. Má shamhlaítear faoi na lúibíní iad, is lúide an baol a bheidh ann nach scríobhfar na habairtí i gceart.

Baineann sin freisin leis an dara saghas abairte. Seo roinnt samplaí:

*Sin iad na botúin (is minice) a dhéantar.*

*Ba é an rud (ba mhó) a bhí ag cur as dó.*

*Cad é an lá (is déanaí) a bhí tú ag obair?*

Tugtar clásal breischéime ar na focail faoi lúibíní sna habairtí sin, óir is breischéim aidiachta iad.

Dála an scéil, ós minic mearbhall ar dhaoine faoin dóigh le *conas, cathain* a úsáid, b'fhéidir gur fearr beagán a rá ina dtaobh. Níl "Conas a bhfuil tú!" "Conas ar éirigh leat!" ceart ar chor ar bith. *Conas atá tú? Conas a d'éirigh leat? Conas is féidir é a dhéanamh? Níl a fhios agam conas atá an scéal aige*, etc., is ceart a rá, agus a scríobh. Níl siad le húsáid mar a úsáidtear *cén nós, cén chaoi, cén dóigh, etc. – Cén nós (Cén chaoi, etc.) a bhfuil tú? Cén chaoi ar féidir é a dhéanamh? Níl a fhios agam cén chaoi a bhfuil an scéal aige*, etc., an ceart, ar ndóigh, leo siúd. Agus seo mar is ceart *cathain* a úsáid –*Cathain (Cá huair, cén uair) a bheidh sé anseo? (a thiocfaidh sé? a tháinig sé? etc.) Níl a fhios agam cathain (cá huair, cén uair) a bheidh sé anseo. Cathain (cá huair, etc.) is féidir leat teacht?* Is mar sin a bhíonn freisin i ndiaidh an fhocail *uair*, e.g., *aon uair a bheidh sé anseo, aon uair is gá é.*

Úsáidtear de ghnáth an fhoirm choibhneasta dhíreach i ndiaidh ainmfhocail eile a bhaineann le ham, e.g. *an lá (oíche, etc) a d'imigh sé;* ach tá sé lán chomh ceart *an lá (an oíche, etc.) ar imigh sé*, a úsáid.

San abairt seo – *Is iontach an obair atá sé a dhéanamh* – tagann clásal ina bhfuil ainm briathartha (*atá sé a dhéanamh*) i ndiaidh an chuspóra (*obair*) atá ag an ainm briathartha. Is féidir an abairt sin a chur ar chuma eile – (*Is iontach an obair*) *atá á déanamh aige* – ach ní bheadh *atá sé ag déanamh* ceart ar chor ar bith. Is fearr an cor gramadaí sin a léiriú le tuilleadh samplaí ná a bheith ag iarraidh an fáth atá leis a shoiléiriú:

*Cad atá tú a rá?* (nó *Cad atá agat á rá?)*

*Rachaidh mé ar aghaidh leis an ngnó a bhí mé a*

*chríochnú* (nó *a bhí á chríochnú agam*).

*Sin é an rud atá beartaithe agam a dhéanamh* (nó *a bhfuil beartaithe agam é a dhéanamh*).

Agus is cuid suntais an dul atá ar an sampla seo:

*An é sin an rud a bhí sé ag brath* (nó *ag iarraidh*) *a chur i gcéill?*

**Aistriúchán**

Má chuirtear de chúram ort scríbhinn a cumadh i mBéarla a thiontú go Gaeilge, ní mór a bheith san airdeall chun nach gcuirfidh an Béarla mearbhall ort. An té nach bhfuil taithí éigin aige ar an aistriúchán, is gnách claonadh aige chun dlúthaithris a dhéanamh ar an mBéarla. Dá dheasca sin ní thugann sé leis go héifeachtach teachtaireacht na scríbhinne. An tiontú focal ar fhocal nó abairt ar abairt, is tiontú breallach é, go hiondúil.

Braitheann an bhrí a bheadh le focal ar an gcuideachta ina mbíonn sé nó ar an dóigh ina n-úsáidtear é. An téarma *licensed premises*, mar shampla, d'fhéadfadh *áitreabh ceadúnaithe* a bheith ag freagairt dó i

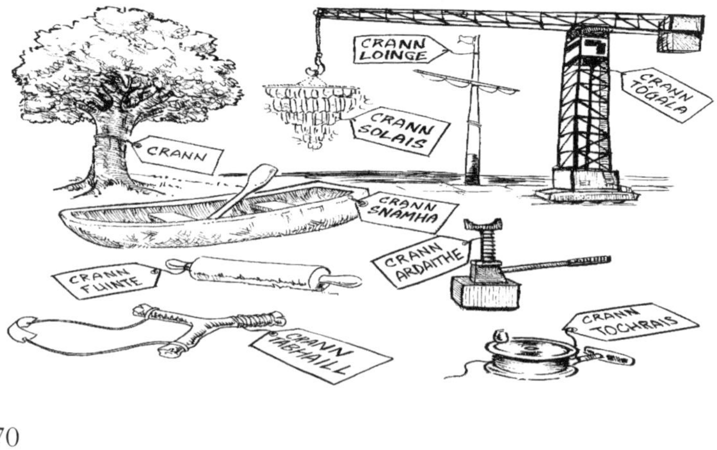

gcomhthéacs áirithe, ach is *teach tábhairne* a bheadh le cur air i gcomhthéacs eile. D'fhéadfadh *ceird* nó *tráchtáil*, nó an dá rud, a bheith de chiall leis an bhfocal *trade*, agus *ús* nó *suim* (*leas*, etc.) a bheith i gceist le *interest*. Bíonn mearbhall tuisceana ar an teanga bhunaidh, nó easpa cúraim, ina chúis le tuathail mar iad seo (as leabhar a foilsíodh an chéad cheann agus as fógra ar nuachtán an dara ceann) – *péarla gan luach* (priceless pearl) agus *cuntasóir móna* (turf accountant)

*Leasú agus Athleasú*

Ní foláir don té atá ag gabháil don aistriú a bheith ag féachaint roimhe agus ina dhiaidh chun deimhin a dhéanamh de nach bhfuil ciall chontráilte á tabhairt aige d'fhocail na teanga bunaidh, astu féin nó sa chomharsanacht áirithe ina bhfuil siad. Má bhíonn sé ag sodar le sála na teanga eile, is baol dó tuisle a bhaint as.

Ar an gcéad rud is cóir féachaint le léirthuiscint lánchruinn a bhaint as an ábhar a bheidh le cur i nGaeilge agat. Nuair is deimhin leat go bhfuil eolas ceart agat ar an teachtaireacht atá le cur in iúl agat, féadfaidh tú tosú ar ré-aistriú. Aon deacrachtaí nár éirigh leat a réiteach chun do shástacha den chéad iarracht, is féidir leat filleadh orthu tar éis an ré-dhréacht a chríochnú duit. Ina dhiaidh sin is ceart gabháil tríd an dréacht ó thús go deireadh, agus é a leasú agus a athleasú de réir mar is gá go dtí go mbeidh leagan Gaeilge ar fónamh curtha agat air.

*Na Réamhfhocail*

Gné an-tábhachtach de chomhréir na Gaeilge is ea ceartúsáid na réamhfhocal, agus na bhforainmneacha réamhfhoclacha. Agus is gné í ina ngéilltear go minic d'anáil an Bhéarla. Bíonn claonadh ag daoine cleamhnas gramadúil a thabhairt i gcrích idir réamhfhocail na Gaeilge agus réamhfhocail an Bhéarla. Fágann sé gur gnáthchleachtadh acu é *de* a úsáid san áit a mbeadh *of* sa Bhéarla, *do* a chur ag freagairt do *to*, gan *faoi* a ghabháil chucu ach amháin le brí *under* sa Bhéarla, agus feidhm dá réir sin a bhaint as réamhfhocail eile. Tugann sé orthu tuaiplisí dá leithéid seo a dhéanamh:

*Fíneáil de dheich bpunt* (in ionad *fíneáil deich bpunt*),

*Seic do dhá phunt* (in ionad *ar dhá phunt*),

agus brí a chur le habairt a bheadh bunoscionn leis an mbrí a bhí ceaptha acu di, e.g. *D'íoc mé an cháin do na Coimisinéirí* (nuair is *leo* agus nach *ar a son* a íocadh í).

Ar an gcuma chéanna, ní foláir leo, mar shampla, cloí leis an múnla *tá* + ainmfhocal + *ag* (nó forainm réamhfhoclach uaidh) don bhriathar *have* i leaganacha ar cheart, nó arbh fhearr, dul eile a chur orthu, e.g.

*Tá tinneas cinn agam* ⟶ *Tá tinneas cinn orm*

*Tá cosa láidre aige* ⟶ *Tá cosa láidre faoi*

*Bhí mac aici* ⟶ *Rugadh mac di*

*An mbeidh toitín agat?* ⟶ *An gcaithfeá toitín?*

*Beidh snámh agam* ⟶ *Rachaidh mé ag snámh.*

Ní hé amháin nach mbíonn an rath ar chleamhnas idir réamhfhocail, ach tarlaíonn uaireanta go léirítear le réamhfhocal na Gaeilge a mhalairt de dhearcadh seachas mar a bheadh sa Bhéarla, *e.g., fear as an gcéad (in a hundred), chuir sé snas faoina bhróga.* (An mhórchuid de na feidhmeanna a bhí le *um*, tá siad á gcomhlíonadh anois ag *faoi*. Dá bharr sin tá réim fhairsing úsáide aige.)

*Clásail Choibhneasta*

Má bhíonn luí agat leis na habairtí i nGaeilge a chur sa mhúnla céanna leis na habairtí i mBéarla, is baolach go mbeidh cuid acu místuama nó mí-éifeachtach. Abairtí Béarla a mbíonn clásail choibhneasta iontu, tiocfaidh leat iad a bhriseadh uaireanta agus dhá abairt nó trí a dhéanamh díobh, e.g.

*B: I enclose a form which you are to fill up and return to this office.*

*G: Tá foirm á cur chugat leis an litir seo. Comhlánaigh an fhoirm sin, le do thoil, agus cuir ar*

*ais chun na hOifige seo í.*

*B: Your pension, which will be at the yearly rate of £6000, will be payable monthly.*

*G: Beidh pinsean £6000 sa bhliain le fáil agat. Íocfar é in aghaidh na míosa.*

*B: He accepts no responsibility for this action on which he was afforded no opportunity to express his views.*

*G: Is beart é nach bhfuair sé caoi ar bith ar a thuairimí a thabhairt ina thaobh; mar sin ní thig leis freagracht ar bith a ghlacadh ann.*

An clásal coibhneasta nach luíonn go maith ar abairt, is cosúil é le preabán nár greamaíodh i gceart de bhall éadaigh. Aithris ar an mBéarla ba chúis leis an abairt seo as iris Ghaeilge – "Labhair ... , a bhfuil líofacht Ghaeilge aige, leis na páistí óga" (Mr ... , *who has a fluent knowledge of Irish, spoke to the children*) Bhí sé ceart ag an scríbhneoir dhá abairt a dhéanamh di: *Labhair an tUasal ... leis na páistí óga i nGaeilge. Tá an Ghaeilge go líofa aige.* Nó í a chur mar seo: *Tá an Ghaeilge go líofa ag an Uasal – agus rinne sé caint leis na páistí óga.*

Seo samplaí eile á léiriú nach gá clásal coibhneasta a tharraingt chugat i gcásanna eile ina mbeadh sé in abairt Bhéarla:

*B: If you have children who are still attending school,*

*G: Má tá páistí agat agus iad fós ar scoil,*

*B: Mr. O'Brien, who has reached the age of 60 years, is retiring from the Service on the 31st March next.*

*G: Tá 60 bliain d'aois slánaithe ag an Uasal Ó Briain agus tá sé chun scor as an tSeirbhís an 31 Márta seo chugainn.*

*B: A reply will be sent as soon as the inquiry is completed, which will be in about a week's time.*

*G: Cuirfear freagra amach a luaithe a bheidh an fiosrúchán críochnaithe, is é sin, i gceann seachtaine nó mar sin.*

*Béim nó Treisiú*

Beidh ort do mhachnamh a dhéanamh uaireanta ar abairt Bhéarla chun go mbeadh a fhios agat an ceart aon chuid di a threisiú. Agus tar éis do mhachnamh a dhéanamh, b'fhéidir nach mbeidh agat ach tuairim. Má ropann tú leat ar aghaidh gan é sin a thabhairt do d'aire, beidh abairtí neamhchruinne míshlachtmhara á scríobh agat sa Ghaeilge. An abairt seo, mar shampla:

*I am to inform you that these posts are filled by open competitions which are advertised in the daily press.*

Tá sé le tuiscint aisti, ach ní thugtar sin chun soiléire

inti, go bhfuil béim ar *by means of open competition.* Mar sin cuirfidh tú é sin in iúl sa Ghaeilge tríd an gcuid sin a thabhairt chun tosaigh:

> *Tá orm a chur in iúl duit gur trí chomórtas oscailte a líontar na poist sin agus go bhfógraítear iad ó am go ham sna nuachtáin laethúla.*

Má chloíonn tú le dul an Bhéarla (*go líontar na poist sin de thoradh comórtais*), ní bheidh an teachtaireacht á cur abhaile go héifeachtach ar an té a bhí ag lorg an eolais i dtaobh na bpost.

*An Réamhfhocal Arís*

Tá rud eile ann nach mór a shonrú faoi na réamhfhocail. Is gnás coitianta sa Bhéarla é dhá réamhfhocal nó breis a theacht roimh an ainmfhocal, nó na hainmfhocail, atá faoi réir acu. Níl sin amhlaidh sa Ghaeilge ach i gcás na réamhfhocal arb é an tuiseal ginideach a thagann ar a lorg (*chun, trasna, timpeall, etc., i dtaobh, le haghaidh,* etc.) e.g. *Bhí sé i mbun, i mbarr, agus i lár an achrainn.* Ní gnáthriail é sa chás sin féin. Is cóir duit dá bhrí sin féachaint chuige nach rachaidh gnás sin an Bhéarla i bhfeidhm ar do chuid Gaeilge nuair is réamhfhocal seachas iad siúd atá luaite aon cheann de na réamhfhocail a bhfuil an t-ainmfhocal faoi réir acu. Léireoidh na samplaí seo duit conas is ceart na réamhfhocail a ionramháil sa Ghaeilge:

*Le hairgead nó gan airgead (nó gan é)*

*Earraí a ceannaíodh ó shiopadóir nó a díoladh le siopadóir (nó a díoladh leis)*

*Roimh a bhás nó ina dhiaidh (nó i ndiaidh a bháis)*

*Faoin doras nó os a chionn* (nó *os cionn an dorais*).

(Is féidir *faoi bhun agus os cionn an dorais* a úsáid freisin ós é an ginideach a thiocfadh i ndiaidh *faoi bhun* agus i ndiaidh *os cionn.*)

Is é an neamhchúram a thugann dul an Bhéarla ar abairtí mar í seo, "Tá *A* chomh maith le, nó níos fearr ná, *B*" in ionad *Tá A chomh maith le B, mura bhfuil sé níos fearr ná é.*

*Béarlachas arís*

Tá an Béarla lán le briathra aonfhoclacha nach bhfuil a leithéid in úsáid coitianta sa Ghaeilge. Is é a d'fhreagródh dá lán díobh sa Ghaeilge briathar coitianta (e.g. *cur*) maille le réamhfhocal nó ainmfhocal, nó an dá rud le chéile. Tá feidhm an-fhairsing ar an gcuma sin ag na ranna cainte sin, agus baineann tábhacht dá réir le ceartúsáid na réamhfhocal. Faoi anáil an Bhéarla is minic an aimsir mhícheart den bhriathar á húsáid ag daoine, go háirithe an gnáthláithreach nuair is é an fáistineach ba cheart a bheith san abairt, e.g. "Bí cinnte go ndéanann tú (in ionad *go ndéanfaidh tú*) staidéar ar an leabhrán". Bí ar d'fhaichill ar dhearmaid den sórt sin.

San aistriúchán beidh tú ag coimhlint leis an mBéarla. Braithfidh sé ar an gcothrom eolais agus cleachta atá agat ar scríobh na Gaeilge, agus ar an bhfonn atá ort go mbeidh an rud a scríobhfaidh tú ag teacht le dúchas na teanga, conas a éireoidh leat sa choimhlint. Is láidir an capall é an fonn. Is ceart duit i dtosach báire an smaoineamh bunúsach atá san abairt Bhéarla a thabhairt chun cruinnis i d'aigne. Ansin déan do mhachnamh ar an gcuma is fearr ina bhféadfadh an Ghaeilge greim a bhreith ar an smaoineamh. Féadfaidh tú an abairt a lúbadh mar atá léirithe cheana féin, nó feidhm a bhaint as casadh éigin eile is acmhainn duit a bhaint aisti. Réiteodh sé deacracht duit, b'fhéidir, ainmfhocal iolra a dhéanamh den ainmfhocal uatha, nó ráiteas diúltach a dhéanamh de ráiteas dearfach nó a mhalairt sin a dhéanamh. Seachain an focal faiseanta. Is minic gabháil ag daoine leis gan gá gan riachtanas, nó gan ach breacthuairim acu cad é an chiall atá leis (e.g. *réalaíoch* nuair is fearr a d'oirfeadh *léirthuisceanach nó fírinneach* nó focal éigin eile chun an smaoineamh áirithe a chur in iúl).

Bí ar do sheachaint go mór ar an tsamhail nó an meafar ainspianta. Mar bhuille scoir, seo dornán samplaí duit de ghibiris a ligeadh faoi chló. Mar is léir duit, cuireadh craiceann Gaeilge anuas ar an mBéarla, agus

cuid de ina dhroch-Bhéarla, agus chun brí ar bith a bhaint astu caithfidh tú iad a aistriú ar ais go Béarla:

> "Rinne an Dr Paisley iarracht ar shíocháin a instealladh san atmaisféar." (*Rinne an Dr Paisley iarracht cúrsaí a thabhairt chun suaimhnis*).
>
> "Dúirt sé go raibh sé as an gceist go gcomhoibreodh sé." (*Dúirt sé nach raibh rún ar bith aige comhoibriú*).
>
> "Bhí sé ag caint, mar a fheicfear, níos mó ar son...sa litir seo ná ar son..." (*Is léir ón litir gur mó a bhí sé ag cur ar son...ná ar son...*)
>
> "Is mó ná suntasach an comhtheagmhas é" (*Is comhtheagmhas é atá ina dhíol suntais amach is amach*).
>
> "Tá sé tar éis é féin a chruthú" (*Tá sé cruthaithe aige gur fear ar fónamh é*).
>
> "Níl a fhios agam cé acu a rinne sí go maith nó go holc é" (*Níl a fhios agam cé acu go maith nó go holc a rinne sí é*).
>
> "Má dhealraigh sé ar an uachtar..." (*Má dhealraigh sé ar an taobh amuigh*).
>
> "Níos tábhachtaí fós, thug sé..." (*Rud ba thábhachtaí fós, thug sé...*).
>
> "I nglacadh go sollúnta lenár ndualgais..." (*Má bhímid dáiríre faoinár ndualgais...*).

# Aguisíní

## Logainmneacha Iasachta

### A

**Abkhasia**. An Abcáis *f2*.
**Adzhar**. Adsáir *f4*.
**Afghanistan**. An Afganastáin *f2*.
**Alaska**. Alasca *m4*.
**Albania**. An Albáin *f2*.
**Alexandra**. Cathair Alastair, *g* Chathair Alastair.
**Algeria**. An Ailgéir *f2*.
**Algiers**. Cathair na hAilgéire, *g* Chathair na hAilgéire.
**Amsterdam**. Amstardam *m4*.
**Andorra**. Andóra *m4*.
**Angola**. Angóla *m4*.
**Antarctica**. An Antartaice *f4*.
**Antilles**. Na hAintillí *g* na nAintillí; Oileáin Aintillí, *g id*.
**Antwerp**. Antuairp *f4*.
**Arabia.** An Araib *f2*.
**Argentina.** An Airgintín *f2*.
**Armenia.** An Airméin *f2*.
**Ascension Island.** Oileán na Deascabhála, *g id*.
**Athens.** An Aithin *f*, *g* na hAithne; Cathair na hAithne, *g* Chathair na hAithne.
**Australia.** An Astráil *f2*.
**Austria**. An Ostair *f2*.
**Azerbijan**. An Asarbaiseáin *f2*.
**Azores.** Na hAsóir, *g* na nAsór.

### B

**Bahamas.** Na Bahámaí *g* na mBahámaí.
**Bahrein.** Bairéin *f4*.
**Balearic Islands.** Na hOileáin Bhailéaracha, *g* na nOileán Bailéarach.
**Bangla Desh.** An Bhanglaidéis *f2*.
**Barbados.** Barbadós *m4*.
**Bashkir.** An Bhaiscír *f2*.
**Beijing.** Péicing; Beijing.
**Belarus.** An Bhealrúis *f2*.
**Belgium.** An Bheilg *f2*.
**Belgrade.** Béalgrád *m4*.
**Belize.** An Bheilís *f2*.
**Benin.** Beinin *f4*.
**Berlin.** Beirlín *f4*.
**Bermuda.** Beirmiúda *m4*.
**Berne.** Beirn *f4*.
**Bethlehem.** An Bheithil *f2*.
**Bhutan.** An Bhútáin *f2*.
**Bolivia.** An Bholaiv *f2*.
**Borneo.** Boirneo *m4*.
**Bosnia.** An Bhosnia *f4*.
**Boston.** Bostún *m1*.
**Botswana.** An Bhotsuáin *f2*.
**Brazil.** An Bhrasaíl *f2*.
**Bristol.** Briostó *m4*.
**Britain.** An Bhreatain *f2*.
**Brittany.** An Bhriotáin *f2*.
**Brussels.** An Bhruiséil *f2*.
**Bucharest.** Búcairist *f4*.
**Budapest.** Búdaipeist *f4*.
**Bulgaria.** An Bhulgáir *f2*.
**Burkina Faso.** Buircíne Fasó, *g* Bhuircíne Fasó.
**Burma.** Burma *m4*.
**Burundi.** An Bhurúin *f2*.
**Buryat.** An Bhuiriáit *f2*.

### C

**Cairo.** Caireo *m4*.
**Calcutta.** Calcúta *m4*.
**Cameroon.** Camarún *m4*.
**Canada.** Ceanada *m4*.

**Canary Islands.** Na hOileáin Chanáracha, *g* na nOileán Canárach.
**Catalonia.** An Chatalóin *f2.*
**Central African Republic** Poblacht na hAfraice Láir, *g* Phoblacht na hAfraice Láir.
**Chad.** Sead *m4.*
**Channel Islands.** Oileáin Mhuir nIocht, *g id.*
**Chechen Ingush.** An tSisin-Iongúis *f2.*
**Chile.** An tSile *f4.*
**China.** An tSín *f2.*
**Chuvash.** An tSuvais *f2.*
**Columbia.** An Cholóim *f2.*
**Comoro Islands.** Oileáin Chomóra, *g id.*
**Congo.** An Congó *m4.*
**Copenhagen.** Cóbanhávan *m4.*
**Cornwall.** Corn na Breataine, *g* Chorn na Breataine.
**Corsica.** An Chorsaic *f2.*
**Costa Rica.** Cósta Ríce, *g* Chósta Ríce.
**Crete.** An Chréit *f2.*
**Croatia.** An Chróit *f2.*
**Cuba.** Cúba *m4.*
**Cyprus.** An Chipir *f2.*
**Czech Republic.** Poblacht na Seice, *g* Phoblacht na Seice.

## D

**Dagestan.** An Dagastáin *f2.*
**Damascus.** An Damaisc *f2.*
**Delhi.** Deilí *f4.*
**Denmark**. An Danmhairg *f2.*
**Dominican Republic.** An Phoblacht *f3* Dhoiminiceach.

## E

**East Indies.** Na hIndiacha Thoir, *g* na nIndiacha Thoir.
**Ecuador.** Ecuadór *m4.*
**Edinburgh.** Dún Éideann, *g* Dhún Éideann.
**Egypt.** An Éigipt *f2.*
**El Salvador.** An tSalvadóir *f2.*
**England.** Sasana *m4.*
**Equatorial Guinea.** An Ghuine Mheánchriosach, *g* na Guine Meánchriosaí.
**Estonia.** An Eastóin *f2.*
**Ethiopia.** An Aetóip *f2.*

## F

**Falkland Islands.** Oileáin Fháclainne, *g id.* (Na Malvinas)
**Faroe Islands.** Oileáin Fharó, *g id.* Na Scigirí, *g id.*
**Fiji Islands.** Oileáin Fhidsí, *g id.*
**Finland.** An Fhionlainn *f2.*
**France.** An Fhrainc *f2.*

## G

**Gabon.** An Ghabúin *f2.*
**Gambia.** An Ghaimbia *f4.*
**Geneva.** An Ghinéiv *f2.*
**Georgia.** An tSeoirsia *f4.*
**Germany.** An Ghearmáin *f2.*
**Ghana.** Gána *m4.*
**Gibraltar.** Giobráltar *m4.*
**Glasgow.** Glaschú *m4.*
**Great Britain.** An Bhreatain *f2* Mhór.
**Greece.** An Ghréig *f2.*
**Greenland.** An Ghraonlainn *f2.*
**Guadeloupe.** Guadalúip *f4.*
**Guam.** Guam *m4.*
**Guatemala.** Guatamala *m4.*
**Guernsey.** Geansaí *f4.*
**Guinea.** An Ghuine *f4.*
**Guinea Bissau.** Guine Bhissau, *g* Ghuine Bhissau.
**Guyana.** An Ghuáin *f2.*

## H

**Hague, The.** An Háig *f2.*
**Haiti.** Háítí *m4.*
**Hawaii.** Haváí *m4.*
**Hebrides.** Inse Ghall, *g id.*
**Helsinki.** Heilsincí *f4.*
**Honduras.** Hondúras *m4.*
**Hong Kong.** Hong Cong, *g id.*
**Hungary.** An Ungáir *f2.*

## I

**Iceland.** An Íoslainn *f2.*
**India.** An India *f4.*
**Indonesia.** An Indinéis *f2.*
**Iran.** An Iaráin *f2.*
**Iraq.** An Iaráic *f2.*
**Israel.** Iosrael *m4.*
**Istanbul.** Iostanbúl *m4.*
**Italy.** An Iodáil *f2.*
**Ivory Coast.** An Cósta *m4* Eabhair.

## J

**Jamaica.** Iamáice *f4.*
**Japan.** An tSeapáin *f2.*
**Java.** Iáva *m4.*
**Jersey.** Geirsí *f4.*
**Jerusalem.** Iarúsailéim *f4.*

## K

**Kabardino-Balkar.** An Chabairdín-Balcáir *f2.*
**Kalmyk.** An Chailmíc *f2.*
**Kampuchea.** An Champúis *f2.*
**Kara-Kalpak.** An Chara-Calpáic *f2.*
**Karelia.** An Chairéil *f2.*
**Kashmir.** An Chaismír *f2.*
**Kenya.** An Chéinia *f4.*
**Komi.** Coimí *m4.*
**Korea.** An Chóiré *f4.*
**Kuwait.** Cuáit *f4.*

## L

**Labrador.** Labradar *m4.*
**Laos.** Laos *m4.*
**Latvia.** An Laitvia *f4.*
**Lebanon.** An Liobáin *f2.*
**Leeward Islands.** Oileáin na Fothana, *g id.*
**Lesotho.** Leosóta *m4.*
**Lewis Island.** Leódhas *m4.*
**Liberia.** An Libéir *f2.*
**Libya.** An Libia *f4.*
**Liechtenstein.** Lichintstéin *f4.*
**Lisbon.** Liospóin *f4.*
**Lithuania.** An Liotuáin *f2.*
**Liverpool.** Learpholl *m1.*
**London.** Londain *f, g* Londan.
**Louvain.** Lováin *f4.*
**Luxembourg.** Lucsamburg *m4.*

## M

**Macedonia.** An Mhacadóin *f2.*
**Madagascar.** Madagascar *m4.*
**Madeira.** Maidéara *m4.*
**Madrid.** Maidrid *f4.*
**Majorca.** Mallarca *m4.*
**Malagasy Republic.** An Phoblacht *f3* Mhalagásach.
**Malawi.** An Mhaláiv *f2.*
**Malaysia.** An Mhalaeisia *f4.*
**Maldive Islands.** Oileáin Mhaildíve, *g id.*
**Mali.** Mailí *f4.*
**Malta.** Málta *m4.*
**Man, Isle of.** Manainn *f, g* Mhanann; Oileán Mhanann, *g id.*
**Manchester.** Manchain f4.
**Manila.** Mainile *f4.*
**Mari.** Mairí *m4.*
**Mauritania.** An Mháratáin *f2.*
**Mauritius.** Oileán Mhuirís, *g id.*
**Mecca.** Meice *f4.*
**Mexico.** Meicisceo *m4.*
**Minorca**. Mionarca *m4.*
**Moldavia.** An Mholdáiv *f2.*
**Moldovia.** An Mholdóiv *f2.*
**Molucca Islands.** Na Molacaí.

**Monaco.** Monacó *m4.*
**Mongolia.** An Mhongóil *f2*
**Montenegro.** Montainéagró *m4*
**Mordovia.** An Mhordóiv *f2*
**Morocco.** Maracó *m4.*
**Moscow.** Moscó *m4.*
**Mozambique.** Mósaimbíc *f4.*
**Myanmar.** Maenmar *m4.*

## N

**Nakhichevan.** An Nacaiseaváin *f2.*
**Namibia.** An Namaib *f2.*
**Nepal.** Neipeál *m4.*
**Netherlands.** An Ísiltír *f2.*
**New Ireland.** Éire Nua, *g* na hÉireann Nua.
**New York.** Nua-Eabhrac *m4.*
**New Zealand.** An Nua-Shéalainn *f2.*
**Nicaragua.** Nicearagua *m4.*
**Niger.** An Nígir *f2.*
**Nigeria.** An Nigéir *f2.*
**Nagorny-Karabakh.** An Nagarna-Carabaic *f2.*
**North Ossetia.** An Oiséit Thuaidh, *g* na hOiséite Thuaidh.
**Norway.** An Iorua *f4.*
**Nova Scotia.** Albain Nua, *g* na hAlban Nua.

## O

**Oman.** Oman *m4.*
**Orkneys.** Inse Orc, *g id.*
**Oslo.** Osló *m4.*
**Ostend.** Ostainn *f4.*

## P

**Pakistan.** An Phacastáin *f2.*
**Panama.** Panama *m4.*
**Papua New Guinea.** Nua-Ghuine Phapua, *g id.*
**Paraguay.** Paragua *m4.*
**Paris.** Páras *m4.*
**Peking.** Péicing *f4.*
**Peru.** Peiriú *m4.*
**Philippines.** Na hOileáin Fhilipíneacha, *g* na nOileán Filipíneach.
**Poland.** An Pholainn *f2.*
**Portugal.** An Phortaingéil *f2.*
**Prague.** Prág *m4.*
**Puerto Rica.** Portó Ríce, *g* Phortó Ríce.

## Q

**Qatar.** Catar *m4.*

## R

**Rhodes.** Ródas *m4.*
**Rome.** An Róimh *f2.*
**Rumania.** An Rómáin *f2.*
**Russia.** An Rúis *f2.*
**Rwanda.** Ruanda *m4.*

## S

**Saint Helena.** San Héilin, *g id.*
**Samoa.** Samó *m4.*
**San Marino.** San Mairíne, *g id.*
**Sardinia.** An tSairdín *f2.*
**Saudi Arabia.** An Araib *f2* Shádach, *g* na hAraibe Sádaí.
**Scilly Islands.** Na Scillí.
**Scotland.** Albain *f, g* na hAlban.
**Senegal.** An tSeineagáil *f2.*
**Serbia.** An tSeirbia *f4.*
**Shetland(s).** Sealtainn *f4.*
**Sicily.** An tSicil *f2.*
**Sierra Leone.** Siarra Leon, *g* Shiarra Leon.
**Singapore.** Singeapór *m4.*
**Slovakia.** An tSlóvaic *f2.*
**Slovenia.** An tSlóivéin *f2.*
**Somalia.** An tSomáil *f2.*
**Sophia.** Sóifia *f4.*
**South Africa.** An Afraic *f* Theas.
**Spain.** An Spáinn *f2.*
**Sri Lanka.** Srí Lanca *m4.*
**Stockholm.** Stócólm *m4.*
**Sudan.** An tSúdáin *f2.*
**Surinam.** Suranam *m4.*

**Swaziland.** An tSuasalainn *f2.*
**Sweden.** An tSualainn *f2.*
**Switzerland.** An Eilvéis *f2.*
**Syria.** An tSiria *f4.*

## T

**Tahiti.** Taihítí *f4.*
**Taiwan.** Téaváin *f2.*
**Tanzania.** An Tansáin *f2.*
**Tasmania.** An Tasmáin *f2.*
**Tatar.** An Tatair *f2.*
**Thailand.** An Téalainn *f2.*
**Tibet.** An Tibéid *f2.*
**Tobago.** Tobága *m4.*
**Togo.** Tóga *m4.*
**Tokyo.** Tóiceo *m4.*
**Tonga.** Tonga *m4.*
**Trinidad.** Oileán na Tríonóide, *g id.*
**Trinidad and Tobago.** Oileán na Tríonóide agus Tobága.
**Tunis**. Túinis *f4.*
**Tunisia.** An Túinéis *f2.*
**Turkey.** An Tuirc *f2.*
**Tuva.** Túva *f4.*

## U

**Udmurt.** An Udmairt *f2.*
**Uganda.** Uganda *m4.*
**Ukraine.** An Úcráin *f2.*
**United Arab Emirates.** Aontas na nEimíríochtaí Arabacha.
**United States of America (USA).** Stáit Aontaithe Mheiriceá (S.A.M), *g id.*
**Uruguay.** Uragua *m4.*
**Uzbekistan.** Úisbéiceastáin *f2.*

## V

**Vatican City State.** Stát Chathair na Vatacáine, *g id.*
**Venezuela.** Veiniséala *m4.*
**Venice.** An Veinéis *f2.*
**Vienna.** Vín *f4.*
**Viet-Nam.** Vítneam *m4.*
**Vojvodina.** An Vóvaidín *f2.*

## W

**Wales.** An Bhreatain Bheag, *g* na Breataine Bige.
**Warsaw.** Vársá *m4.*
**West Indies.** Na hIndiacha Thiar, *g* na nIndiacha Thiar.
**Western Sahara.** An Sahára Thiar, *g* an tSahára Thiar.
**Wight, Isle of.** Inis Iocht, *g id.*
**Windward Islands.** Oileáin na Gaoithe, *g id.*

## Y

**Yakut.** An Iacúit *f2*
**Yemen.** Éimin *f4.*
**York.** Eabhrac *m4.*

## Z

**Zambia.** An tSaimbia *f4.*
**Zimbabwe.** An tSiombáib *f2.*

## Pobail na Stát

Baineann na rialacha ginearálta seo a leanas le cumadh an ainmfhocail agus na haidiachta a léiríonn náisiúntacht:

(a) má chríochnaíonn ainm an Stáit *ar ghuta leathan* cuirtear *-ch* leis, *e.g. Cúba, Cúbach*;

(b) má chríochnaíonn sé *ar ghuta caol* cuirtear *-ach* leis (*-och* le *-í*), *e.g. An tSile, Sileach (Háítí, Háitíoch)*;

(c) má chríochnaíonn sé *ar chonsan leathan*, cuirtear *-ach* leis, e.g., *Laos, Laosach*;

(d) má chríochnaíonn sé *ar chonsan caol*, leathnaítear an consan sin nuair a bhíonn breis is litir ghutach amháin roimhe agus cuirtear *-ach* leis, e.g. *An Ghearmáin, Gearmánach.*

Eisceachtaí:

(a) *Meiriceá, Meiriceánach.*

*(c) Barbadós, Barbadach; Hondúras, Hondúrach.*

(d) (i) ainmneacha a chríochnaíonn ar *s* caol, e.g. *an Eilvéis, Eilvéiseach.*

(ii) *An Bheilg, Beilgeach; An Bhrasaíl, Brasaíleach; An Spáinn, Spáinneach.*

## Eagraíochtaí faoi Scáth na Náisiún Aontaithe

Food and Agricultural Organisation (FAO)
*An Eagraíocht Bhia agus Talmhaíochta*

General Agreement on Tariffs and Trade (GATT)
*An Comhaontú Ginearálta um Tharaifí agus Thrádáil*

International Labour Organisation (ILO)
*An Eagraíocht Idirnáisiúnta Saothair*

International Monetary Fund (FUND)
*An Ciste Airgeadaíochta Idirnáisiúnta*

United Nations Educational, Scientific and Cultural Organisation (UNESCO)

*Eagraíocht Oideachais, Eolaíochta agus Chultúir na Náisiún Aontaithe*

Universal Postal Union
*An tAontas Poist Uilechoiteann*

World Health Organisation (WHO)
*An Eagraíocht Dhomhanda Sláinte*

**Eagraíochtaí an Aontais Eorpaigh (AE)**

La Cour Européenne des Droits de l'Homme *An Chúirt Eorpach um Chearta an Duine*

La Communauté Européenne de Charbon et de l'Acier
*An Comhphobal Eorpach do Ghual agus Cruach*

La Communauté Européenne de l'Énergie Atomique (EURATOM)
*An Comhphobal Eorpach do Fhuinneamh Adamhach*

La Banque Européenne d'Investissements
*Banc Infheistíochta na hEorpa*

Le Fonds Social Européen
*Ciste Sóisialta na hEorpa*

**Eagraíochtaí Idirnáisiúnta Eile**

Council of Europe
*Comhairle na hEorpa*

European Free Trade Association (EFTA)
*Comhlachas Saorthrádála na hEorpa*

Interparliamentary Union
*An tAontas Idirpharlaiminteach*

North Atlantic Treaty Organisation (NATO)
*Eagraíocht Chonradh an Atlantaigh Thuaidh*

Organisation for Economic Co-operation and Development (OCED)
*An Eagraíocht um Chombar agus Forbairt Eacnamaíochta*

## Ceantair Uirbeacha agus Contaetha

| | |
|---|---|
| (An tInbhear Mór)<br>Ceantar Uirbeach an Inbhir Mhóir | (Arklow) |
| (Baile Átha Luain)<br>Ceantar Uirbeach Bhaile Átha Luain | (Athlone) |
| (Baile Átha Í)<br>Ceantar Uirbeach Bhaile Átha Í | (Athy) |
| (Béal an Átha)<br>Ceantar Uirbeach Bhéal an Átha | (Ballina) |
| (Béal Átha na Sluaighe)<br>Ceantar Uirbeach Bhéal Átha na Sluaighe | (Ballinasloe) |
| (Biorra)<br>Ceantar Uirbeach Bhiorra | (Birr) |
| (Bré)<br>Ceantar Uirbeach Bhré | (Bray) |
| (Bun Cranncha)<br>Ceantar Uirbeach Bhun Cranncha | (Buncrana) |
| (Bun Dobhráin)<br>Ceantar Uirbeach Bhun Dobhráin | (Bundoran) |
| (Ceatharlach)<br>Ceantar Uirbeach Cheatharlach | (Carlow) |
| (Carraig Mhachaire Rois)<br>Ceantar Uirbeach Charraig Mhachaire Rois | (Carrickmacross) |
| (Carraig na Siúire)<br>Ceantar Uirbeach Charraig na Siúire | (Carrick-on-Suir) |
| (Caiseal)<br>Ceantar Uirbeach Chaisil | (Cashel) |
| (Caisleán an Bharraigh)<br>Ceantar Uirbeach Chaisleán an Bharraigh | (Castlebar) |

| | |
|---|---|
| (Baile na Lorgan) | |
| Ceantar Uirbeach Bhaile na Lorgan | (Castleblayney) |
| (An Cabhán) | |
| Ceantar Uirbeach an Chabháin | (Cavan) |
| (Ceanannas) | |
| Ceantar Uirbeach Cheanannais | (Kells) |
| (Cloich na Coillte) | |
| Ceantar Uirbeach Chloich na Coillte | (Clonakilty) |
| (Cluain Eois) | |
| Ceantar Uirbeach Chluain Eois | (Clones) |
| (An Cóbh) | |
| Ceantar Uirbeach an Chóibh | (Cobh) |
| (Dún Dealgan) | |
| Ceantar Uirbeach Dhún Dealgan | (Dundalk) |
| (Dún Garbhán) | |
| Ceantar Uirbeach Dhún Garbhán | (Dungarvan) |
| (Inis) | |
| Ceantar Uirbeach Inse | (Ennis) |
| (Inis Córthaidh) | |
| Ceantar Uirbeach Inis Córthaidh | (Enniscorthy) |
| (Mainistir Fhear Maí) | |
| Ceantar Uirbeach Mhainistir Fhear Maí | (Fermoy) |
| (Cill Airne) | |
| Ceantar Uirbeach Chill Airne | (Killarney) |
| (Cill Rois) | |
| Ceantar Uirbeach Chill Rois | (Kilrush) |
| (Cionn tSáile) | |
| Ceantar Uirbeach Chionn tSáile | (Kinsale) |
| (Leitir Ceanainn) | |
| Ceantar Uirbeach Leitir Ceanainn | (Letterkenny) |

| | |
|---|---|
| (Lios Tuathail) | |
| Ceantar Uirbeach Lios Tuathail | (Listowel) |
| (An Longfort) | |
| Ceantar Uirbeach an Longfoirt | (Longford) |
| (Maigh Chromtha) | |
| Ceantar Uirbeach Mhaigh Chromtha | (Macroom) |
| (Mala) | |
| Ceantar Uirbeach Mhala | (Mallow) |
| (Mainistir na Corann) | |
| Ceantar Uirbeach Mhainistir na Corann | (Midleton) |
| (Muineachán) | |
| Ceantar Uirbeach Mhuineacháin | (Monaghan) |
| (An Nás) | |
| Ceantair Uirbeach an Náis | (Naas) |
| (An Uaimh) | |
| Ceantar Uirbeach na hUaimhe | (Navan) |
| (An tAonach) | |
| Ceantar Uirbeach an Aonaigh | (Nenagh) |
| (Ros Mhic Thriúin) | |
| Ceantar Uirbeach Ros Mhic Thriúin | (New Ross) |
| (An Sciobairín) | |
| Ceantar Uirbeach an Sciobairín | (Skibbereen) |
| (An Teampall Mór) | |
| Ceantar Uirbeach an Teampaill Mhóir | (Templemore) |
| (Durlas) | |
| Ceantar Uirbeach Dhurlais | (Thurles) |
| (Tiobraid Árann) | |
| Ceantar Uirbeach Thiobraid Árann | (Tipperary) |
| (Trá Lí) | |
| Ceantair Uirbeach Thrá Lí | (Tralee) |

(Baile Átha Troim)
Ceantar Uirbeach Bhaile Átha Troim (Trim)

(Tulach Mhór)
Ceantair Uirbeach Thulach Mhór (Tullamore)

(Cathair na Mart)
Ceantair Uirbeach Chathair na Mart (Westport)

(Cill Mhantáin)
Ceantar Uirbeach Chill Mhantáin (Wicklow)

(Eochaill)
Ceantar Uirbeach Eochaille (Youghal)

*Cúige Chonnacht* – (Contae) na Gaillimhe (Ga), Liatroma (Li), Mhaigh Eo (ME), Ros Comáin (RC), Shligigh (Sl).

*Cúige Laighean* – (Contae) Bhaile Átha Cliath (BÁC), Cheatharlach (CE), Chill Chainnigh (CC), Chill Dara (CD), Chill Mhantáin (CM), na hIarmhí (IM), Laoise (La), Loch Garman (LG), an Longfoirt (Lo), Lú (Lú), na Mí (Mí), Uíbh Fhailí (UF), Comhairle Contae Dhún Laoghaire - Ráth an Dúin; Comhairle Contae Fhine Gall.

*Cúige Mumhan* – (Contae) Chiarraí (Ci), an Chláir (Cl), Chorcaí (Co), Luimnigh (Lm), Phort Láirge (PL), Thiobraid Árann (TÁ).

*Cúige Uladh* – (Contae) Aontroma (Ao), Ard Mhacha (AM), an Chabháin (Ca), Dhoire (Do), an Dúin (Dn), Dhún na nGall (DG), Fhear Manach (FM), Mhuineacháin (Mu), Thír Eoghain (TE).

Gheofar ainmneacha Gaeilge na mbailte poist in *Ainmeacha Gaeilge na mBailte Poist*. Féach, leis, *Gasaitéar na hÉireann* (Oifig an tSoláthair).

## Fógraí Pearsanta

**Breith**

**Ó Naíonáin** – 27 Márta 1997, i dTeach Banaltrais Mhoncha, an Droichead Nua, do Cháit (Ní Uallacháin) bean Mhuiris Uí Naíonáin, 2 Bóthar na Mine, Cill Dara, iníon, Máire (Ní Naíonáin).

TOMÁS Ó BREÁTHÁIN –

SÍLE NÍ SHEARBHÁIN

Tá gealltanas pósta idir Tomás, aonmhac Phóil Uí Bhreátháin, nach maireann, agus a bhean chéile, Siobhán, Baile na nEach, Co. an Chláir, agus Úna, an iníon is sine ag Seán Ó Searbháin agus a bhean chéile, Máire, nach maireann, Gleann na Gréine, Co. na Gaillimhe.

# Cuireadh

Ba mhór ag

An Dr Gearóid Mac an Lia
agus a Bhean Chéile

......................................................................

a bheith i láthair ag pósadh a n-iníne

**Méabh**

le

**Fionnbharr Mac Scolóige**

in Eaglais na Mairtíreach, Ceapach an Aonaigh,

Dé Sathairn, 12 Aibreán, 1997, ar 11 a.m.

agus ar an mbainis ina dhiaidh sin in

Óstlann an Mhuilinn.

Ceapach an Aonaigh,
Co. Loch Garman.

R.S.V.P.

Gabhann an Dr Conchúr Ó hÍcí agus a bhean chéile a mbuíochas leis an Dr Gearóid Mac an Lia agus a bhean chéile as ucht a gcuireadh chun a bheith i láthair ag pósadh a n-iníne, Méabh, le Fionnbharr Mac Scolóige, in Eaglais na Mairtíreach, Ceapach an Aonaigh, Dé Sathairn, 12 Aibreán, 1997, ar 11 a.m., agus ar an mbainis ina dhiaidh, ach is oth leo go mór nach féidir dóibh a bheith i láthair toisc coinne a bheith acu i Nua-Eabhrac an tseachtain sin.

*14 Márta, 1997.*

Tá Dáithí Mac Cnáimhín agus a bhean chéile fíorbhuíoch den Dr Gearóid Mac an Lia agus a bhean chéile agus is áthas leo glacadh lena gcuireadh chuig pósadh a n-iníne, Méabh, le Fionnbharr Mac Scolóige, in Eaglais na Mairtíreach, Ceapach an Aonaigh, Dé Sathairn, 12 Aibreán, 1997, ar 11 a.m., agus chuig an mbainis ina dhiaidh sin.

**Mac Baoithín** agus **Ní Shomacháin** – Pósadh Séamas, an mac is óige ag Micheál Mac Baoithín agus a bhean chéile, Maighréad, le Bríd, aoniníon Phádraig Uí Shomacháin agus a bhean chéile, Damhnait, ar an 4 Márta, 1997, in Eaglais Naomh Pól, Cluain na hEorna. An tAthair Micheál Ó Somacháin, S.C., deartháir na brídeoige, a phós iad. Bhí an tAthair Ó Rua, S.P., ag cuidiú leis.

## Básanna

**Mac an Phearsúin** (Béal Feirste)
16 Aibreán, 1997, ina teach cónaithe, 17 Sráid Oilibhéir (go tobann), Nábla, céile ionúin Ambróis; méala mór dá fear céile, dá clann mhac, dá gaolta agus dá cairde. Seirbhís amárach (Déardaoin), 9.30 a chlog, i dTeampall Naomh Anna, Bóthar na Banríona. (Teach agus sochraid i bpríobháideachas. Iarrtar gan bláthanna ná litreacha a chur.)

**Ó Rudaí** (Doire)
24 Márta, 1997 (trí thimpiste), in Ospidéal Naomh Iósaef, Tadhg Ó Rudaí, 13 Bóthar na Coille; méala mór dá bhean chéile, dá chlann mhac agus iníon, dá thuismitheoirí, agus dá ghaolta. Go ndéana Dia trócaire ar a anam. Tabharfar an corp go hEaglais Naomh Peadar, tráthnóna inniu (Dé Máirt) ar 5.30. Sochraid go Glas Naíon amárach (Dé Céadaoin) tar éis Aifreann 10 a chlog.

†

## SEÁN Ó DUINNÍN

R.I.P.

1 Eanáir, 1995.

Ba mhór an sólás do mhuintir Dhuinnín an comhbhrón a rinne tú leo ina gcumha. Lena mbuíochas a chur in iúl ofrálfar Naomhíobairt an Aifrinn ar do shon.

An Baile Nua,
Co. Phort Láirge.

## IARRATAS CHUN ÚDARÁIS PHLEANÁLA

**Co. Chorcaí** Tá fúmsa, Bearnard Ó Clochaigh, iarratas a dhéanamh chun Comhairle Contae Chorcaí ar chead sracléaráide chun tithe cónaithe a thógáil i mBaile na mBaintreach.

**Baile Átha Cliath,** 26 Sráid na nGall. Tá fúmsa, Liam Ó Dochartaigh, iarratas a dhéanamh chun Bardas Bhaile Átha Cliath ar chead chun siopa a mhéadú ag an seoladh réamhráite.

# Treoir